퇴근 후 봄이 옵니다

퇴근 후 봄이 옵니다

24시간 On Air, 방송과 육아로 가득찬 이야기

초 판 1쇄 2025년 04월 21일

지은이 김연수(썸머), 남관우(어텀), 박혜령(윈터)
그　림 단하, 윤하, 송하, 도현, 도경, 도훈
펴낸이 류종렬

펴낸곳 미다스북스
본부장 임종익
편집장 이다경, 김가영
디자인 윤가희, 임인영
책임진행 이예나, 김요섭, 안채원, 김은진, 장민주

등록 2001년 3월 21일 제2001-000040호
주소 서울시 마포구 양화로 133 서교타워 711호
전화 02) 322-7802~3
팩스 02) 6007-1845
블로그 http://blog.naver.com/midasbooks
전자주소 midasbooks@hanmail.net
페이스북 https://www.facebook.com/midasbooks425
인스타그램 https://www.instagram.com/midasbooks

ⓒ 김연수(썸머), 남관우(어텀), 박혜령(윈터), 미다스북스 2025, *Printed in Korea*.

ISBN 979-11-7355-181-9 03810

값 18,500원

퇴근 후 봄이 옵니다

썸머
어텀
윈터

24시간 On Air,
방송과 육아로 가득찬 이야기

미다스북스

이 책은 방일영문화재단의 지원을 받아 저술·출판되었습니다.

나의 '봄', 너의 '봄' 그리고 우리의 '봄'

: 한때는 누군가의 '봄'이었던 이들의 '봄' 지키기 프로젝트

30년이 훌쩍 넘은 방송사였다. 작지만 강한 방송사. 그리고 400여 명에 육박하는 직원이 존재하며 말도 많고 탈도 많고 이슈도 많지만 어쨌든 청취율 1위를 몇 년째 지켜 낸 곳. 서울 수도권의 혈맥을 관리하는 서울특화 지역방송을 꿈꾸던 그 방송사에 우리 셋이 있었다. 우리의 30대를 온전히 이곳에 심었다. 그 시간이 뿌리가 되어 우리의 기쁨과 슬픔을 담은 경험으로 자라났다. 그 경험에서 뻗어난 가지들은 이제 우리의 자부심이 되었다. 카메라 뒤에서 차가운 바람을 내뿜다가 편성표 하나에 온 마음을 실어 보내는 윈터가 있었다. 프로그램에 대해 서늘한 관점을 유지하면서도 매시간 청취자를 향한 따뜻한 마음을 잃지 않으려는 어텀도 있었다. 가파른 시청취율 그래프를 보며 업계와 학계의 반응에 뜨거운 관심을 기울이는 썸머도 있었다. 각자의 날과 각은 회사 생활을 위태롭게 하기도, 자신을 찌르기도 했지만 우리 스스로의 무기이자 방패였다.

뾰족함이 항상 우리를 지켜 주는 것만은 아니란 것을 깨달을 정도로 성장했을 때, 우리는 각자의 가정에서 아이를 만났다. 우리가 '엄마' 혹은 '아빠'라는 타이틀을 가지게 된 다음부터 각과 날은 무뎌지고 뭉툭해졌다. 업무능력은 무르익었지만, 날카로웠던 시절만큼 회사에 전력투구할 수는 없었다. 그 시절엔 없었던 각자의 '봄'이 생겼기 때문이다. 하루 24시간이란 한계는 여전히 변함이 없는데 해야 할 일은 두 배, 세 배로 늘었다. 일 욕심 많던 우리는 원치 않아도 내려놓아야 하는 것이 무엇인지, 그리고 그 순서가 어떻게 되는지 본능적으로 깨달았다. 기꺼이 우리 젊은 날, 우리의 무기였던 '젊음', '열정', '노력', '발전'이란 수식어를 내려놓았다. 우리는 시간을 쪼개 회사와 가정에 나누었다. 에너지를 100% 회사에 쏟아 냈다가는 퇴근 후 어떤 일이 벌어지는지 알기 때문에 끊임없이 비워 내고 뒤로 갔다. 탐나는 업무가 없었던 건 아니었다. 탐나던 자리가 없었던 것도 아니었다. 각자 여름, 가을, 겨울처럼 살던 우리는 내려놓고 나서야 비로소 '봄'을 만나러 갈 수 있었다. 사계절 어느 때든 아름답지 않을 때가 있을까? 하지만 '봄'에만 할 수 있는 생명의 움틈이 있었다. 썸머의 계절에 장마뿐일지라도, 어텀의 계절에 가을바람이 쓸쓸할지라도, 윈터의 계절에 폭설이 내린다고 할지라도, 언제가 찾아오는 생명의 시작, '봄'은 기다림의 상징이었다.

'봄'이 와줘서 고마웠다. '봄'이 와서 감사했다. '봄'이 와서 다행이었다.

목차

Part 2 라페소환일기, 우리도 한 때는…

Part 3   사계절이 모두 필요한 이유

Part 4 각자가 만들어 갈 새로운 사계절을 꿈꾸며

Part 1

'봄' 같은 아이를 품은
여름, 가을, 겨울

셋째가 찾아왔다!

by 썸머

오래된 편견

모든 것이 익숙해질 무렵이었다. 회사 일도, 가정생활도 예측 범위 내에 있다고 생각했던 때. 일은 손에 익었고 아이들은 별 탈 없이 크고 있었다. 치기 어린 뾰족함이 아줌마란 이름으로 좀 둥글둥글해지고 있는 게 아닐지 생각하던 시기에 윈터가 나타났다. 윈터를 몰랐던 건 아니었다. 그저 예의를 갖춰 업무상 통화를 몇 번 정도 한 사이였다. 그런 그녀가 어느 날 "제가 쌍둥이를 임신해서요."라며 사무실에 찾아왔다. 진심 어린 축하나 응원, 위로 같은 것을 할 사이는 아니었지만, 쌍둥이란 말에 묘한 동질감이 느껴졌달까?

"트윈클럽을 만들어야겠네요." 정도의 가벼운 농담으로 딸 쌍둥이 엄마로서의 축하 인사를 건넸다. 윈터는 "딸 쌍둥이 기운 좀 받아 가려고요. 위에 아이가 아들이거든요."라고 대답했다.

'뭐라고? 위에 아이가 있다고? 근데 쌍둥이를 가졌다고? 그럼 곧 아이가 셋이라고? 이 여자는 체력이 좋은 거야? 열정이 넘치는 거야? 아니면 일하겠다는 마음이 없는 거야?'

그때 또 한 번 깨달았다. '난 뼛속까지 한국인이구나.'
남이 열을 낳든, 하나도 안 낳든 무슨 상관이란 말인가? 단 몇 초 동안 아직 낳지 않은 아이까지 세어가며 별로 친하지도 않은 윈터의 미래까지 고심할 필요가 뭐가 있단 말인가.
"꼭 딸이길 바랍니다. 우리 사무실이 대부분 딸부자니까 딸 기운 많이 받아 가세요."라고 대답했던 것 같다. 그 후, 윈터의 뒷모습은 기억나지 않는다. 아니, 기억할 필요도 없었다. 회사 다니면서 아이 셋을 어떻게 키우겠는가? 조만간 회사에서 볼일도 없겠지. 한참 만에 업무상 통화로 만난 윈터는 아들 쌍둥이라는 이야기를 전해 주었다. 얼마나 든든하겠냐 등의 형식적인 인사를 건넸지만, 난 확신했다. 정말로 앞으로 윈터는 회사에서 볼 일이 없겠구나. 윈터가 출산휴가로 자리를 곧 비운다던 2019년 겨울 끝자락, 뒤뚱거리는 윈터를 보고 5년 전의 쌍둥이 임신과 출산의 기억을 떠올리며 안녕을 빌었다.

인생은 예상치 못한 이벤트의 연속이라지만…

조직의 큰 변화를 앞두고 바쁜 사무실, 친절하고 따뜻한 선배들이 많이 도와주긴 했지만, 그 시기에 팀장이란 이유로 야근은 매일 당첨이었다. 엄청난 회의에 시달리다 보면 문서 작업은 저녁 6시부터 시작이다. 밤 10시는 기본이고 때론 새벽 2시에 집에 들어오기도 했다. 세상은 연말 분위기로 붕 떠 있었지만, 나는 매일매일 디데이 달력을 보며 가라앉는 일상이었다. 이 시기가 지나면, 그래서 2020년 2월이 오고 거대한 프로젝트도 끝나면, 이상한 직함도 떼고 좀 여유로운 날도 오겠지. 어떡하든 긍정 회로를 돌리며 살아가고 있었다.

그러던 어느 날 꽤 오래 체기가 가라앉지 않고 있다는 걸 깨달았다. 책상에 소화제를 두고 몇 번 먹었는데 소화는커녕 두통도 함께 동반되기 시작했다. "나 과로로 문제 생기면 산재 신청할 수 있는 거 맞아요?" 등의 질문에 옆자리 선배가 "나 위암인 줄 알고 맨날 징징댔던 거 이번엔 네가 할 거야?" 하며 웃었다.

'나 혹시 위암인가? 아니야, 분명 스트레스성 위염이라고 하겠지. 뭐! 그래도 혹시 모르니 내일은 병원을 꼭 가 봐야지.' 바쁜 시간을 쪼개서 오전 반차를 겨우 내고 동네 병원에 들르기로 했다.

그리고 다음 날 나는 동네의 내과, 소아청소년과, 산부인과를 함께 운영

하는 여성병원에서 셋째 임신을 확인했다. 튼튼한 아기집, 반짝이는 심장과는 어울리지 않는 나의 황당한 표정 그리고 이 와중에 제일 먼저 생각나는 인물이 윈터였다. '윈터가 어떻게 회사에 돌아오겠냐고 했었지. 휴직 인사는 곧 마지막 인사일 거라고 그랬지. 다른 사람도 아니고 내가 그랬지…, 내가 그랬지…, 내가 그랬지….'

"저, 이 나이에 애를 낳는 일도 있나요?" 무슨 말을 해야 할지 몰라서 뱉은 말인데, 산부인과 의사는 너무 태연하게 답했다. "요즘은 마흔 넘어 초산도 흔해요. 게다가 터울이 나긴 하지만 경산이니까 뭐 크게 걱정스러운 상황 같지도 않네요." 만 36세라고 적힌 차트 앞에서 나는 의학적 나이로 분명히 노산에 속하는 게 아니냐고 되물었다. "지금 하신 말씀은 전문의로서의 소견인가요? 환자를 안심시키기 위한 멘트인가요?" 그래, 이쯤 되면 이건 질문이 아니라 따지는 거였다. 태아 수첩과 임신확인서 등을 건네며 의사가 너무 부정적으로 생각하지 말라고도 했다. 의사의 태연함 때문에 나는 속이 더 울렁거렸다. '너무 부정적으로 생각하지 말라는 말은 너무 부정적인 상황일 때 하는 거 아니야? 아니야, 언제부터 내가 이렇게 삐딱한 사람이었니? 그래, 뭐 할 수도 있는 거지. 하면 되는 거지, 하면 되는 거 맞아?' 내 안에 사는 수천 개의 자아가 저마다의 목소리를 내고 있었다. 하지만 변함없는 사실은 내가 2019년 12월, 임산부가 되었다는 것이다. 또다시.

오전 반차 이후 회사로 복귀하자마자 들은 질문은 "뭐래? 스트레스성이지? 신경성이라 그러지?"였다. 고개를 대충 끄덕였던 것 같은데 사실 대답의 향방이 그리 중요한 것은 아니었다. 각자 자기 컴퓨터 앞에 앉아서 자기 일을 하며 으레 사회생활이 그렇듯 적당한 인사치레와 적당한 안부, 적당히 가벼운 농담이 혼재된 상황에서 위염이 아니고 임신이라는 폭탄을 던지고 싶지 않았다. 그리고 그날도 나는 야근 당첨이었다. 저녁으로 빨간 떡볶이를 사 먹는데 같이 일하던 아나운서 선배가 애정 어린 잔소리를 했다. "너 위염인 애가 병원 다녀오자마자 떡볶이냐?" 울컥했다. 그래, 이상하게 속이 쓰려도 매운 것만 당기더라니…. 소화제는 왜 그렇게 먹어댔을까? "선배님, 저 사고 쳤어요. 내가 원터 애 셋이라고 이제 보기 틀렸다고 그렇게 촐랑대더니 결국…." 반쯤 울먹이는 걸로 시작했는데, 결국 눈물이 찔끔 났던 것 같다. 떡볶이를 반쯤 먹던 선배가 씹지도 넘기지도 못한 채 어정쩡한 표정으로 대답했다. "야, 그런데 네가 이러면 그 사고, 나랑 친 것 같잖아."

그렇다. 이런 걸 보통 진상바가지라고 하지 않나? 그날은 진상바가지 중 최고의 진상바가지였다. 예정에 없던 임신에 놀란 건지, 회사 생활의 연속성을 걱정했던 건지, 나의 앞날이 자신 없었던 건지는 잘 모르겠다. 그런데 그 다양한 감정의 기저에는 한결같이 두려움이 존재했다. 두려움 끝에는 또 원터가 등장했다. 지금이라도 전화해서 나의 한없이 가벼운 입놀림을 사과해야 할지 고민이 되었다. 그리고 나보다 5개월 먼저 시작될 아이 셋의 삶, 꼭 해내라고 전하고 싶었다. 그리고 회사에서 다시 돌아오

라고. '나 진짜 무서우니까 꼭 돌아와요.'

셋째 임신은 충격인가요?

엄마가 그랬다. "너희 너무 미개한 거 아니니?"

할 말이 없었다.

"너희 피임 교육을 잘못 받은 거 아니니?"

역시 나는 할 말이 없었다.

"대한민국 출산율 저조하다는 게 가짜뉴스야? 아니 왜 쓸데없는 포인트에서 애국자가 되니?"

그래도 할 말이 없었다.

"나 이민 갈 거야!"

유구무언인 상황이지만 "그건 안 돼, 엄마."라고 뻔뻔하게 막고야 말았다.

엄마의 당혹스러움은 충분히 이해할 수 있었다. 실질적으로 쌍둥이 육아를 전담하는 엄마로서는 청천벽력일 것이다. 이제 좀 허리 펴보려나 싶은 시점에 일하는 딸의 셋째 임신이라니!

타 부서장이 말했다. "장손 며느리랬나? 시댁 압박이 심했나 봐? 아들 낳으려고 가진 거지?" 건너편 부장도 말했다. "되게 일 많고 바쁘지 않았어요? 부부 사이가 아직도 그렇게 뜨거워?" 별로 친하지 않은 선배가 말했다. "시댁이 좀 살아? 아니면 남편이 로또 된 거야?" 어느 후배는 말했다. "진짜 낳을 건가요?" 가장 노골적이고 보편적인 대부분의 반응은 "셋 키우면서 회사 일은 할 수 있겠어?"였다.

오지랖이 전반적인 대한민국 국민의 특성이란 말에 묘한 반발심을 갖곤 했었는데, 임신·출산·육아 문제에 있어선 이건 추측이 아닌 확신에 가깝다. 임신은 내가 했는데, 회사 몇 바퀴 돌고 나면 이미 다른 이가 출산에 육아까지 끝내 준 것만 같다. 물론, 앞으로 내가 걱정하고 고민해야 할 모든 요소를 십시일반으로 미리 꺼내어 주는 것은 덤.

회사에서 누군가의 임신이 축복일 수 있을까?

입덧은 이번에도 어김없이 돌아와서 '우우웩'을 넘어 '꾸에엑'까지 진입할 무렵, 회사의 대대적 변화는 막바지를 향해 가고 있었고, 나의 바쁜 업무도 저물어가고 있었다. 조직변화 뒤 팀 개편에 대한 소식이 여기저기서 들려왔다. 그 무렵 어텀이 사무실에 찾아왔다. 몇 달간 TF를 함께 하면서 깔깔 웃는 모습도, 심각한 얼굴도, 고심하는 표정도 다 보았다. 그는 기본적으로 모든 순간에 매너를 갖춘 편이었다. 하지만 그 부서 특유의 냉소적인 분위기가 있었다. 목소리는 따뜻했지만, 콘텐츠는 날카로운 편이랄까? 어떤 일에 대해서 무조건적 의지를 다지는 쪽이라기보다 위험 요소를 사전에 파악하고 가능성을 분석하는 것을 좋아하는 사람이었다. 팀이 개편되고 나면 정식으로 같은 팀에서 기획 업무를 같이 하게 될 것 같다는 소식을 듣고 찾아온 것이다.

안색이 안 좋은 것 같다는 걱정을 하길래 "제가 사실 임신해서요."라고 했더니 그가 깜짝 놀랐다. 어팀은 야구모자를 고쳐 쓰고는 "아이는 축복이지요, 축하합니다."라고 말했다. 좀 놀라긴 했다. 한 치의 망설임 없는 축복이라니! 회사에서는 거의 처음 보는 반응이기도 했다. "네, 제가 셋째를 가졌어요."라고 말하자 이번엔 더 놀랐다. "네? 셋째라고요? 저는 처음인 줄 알고…" 어팀과 나의 어색한 침묵은 그리 오래가지 않았다. "그래도 축복이지요, 축하합니다."

분명히 어팀의 눈동자가 흔들리고 있었다. 같은 팀에 임산부가 포함된다는 건 어떤 의미인가? 잠재적 업무 시한폭탄이 내 앞에서 터질 수도 있다는 뜻이기도 하다. 사실 지극히 이기적인 관점에서 팀의 임산부는 잠재적 불안 요소다. 출산휴가도, 육아휴직도, 복직계획도 명목상의 일정은 있지만 우린 그것이 항상 계획대로 지켜지지 않을 수 있음을 안다. 게다가 첫 아이가 아니면 이 과정에서의 변수가 더 있다는 것이고, 아이가 셋일 나의 상황은 변수가 둘이나 더…. 사실 윈터를 회사에서 다시 보긴 틀렸다고 생각했던 건 나도 마찬가지 아니었나?

그래서 어팀의 흔들림을 서운해하지 않기로 했다. 그는 아마 나를 오래 같이 일할 동료라고 생각하지는 않을 것이라고 내 맘대로 결론을 내리던 때 어팀이 말했다. "저는 사실 둘째를 갖고 싶거든요. 그건 저보다 와이프의 결정권이 더 커서 쉽게 제안할 수는 없지만요."

나의 편견은 또 한 번 남몰래 부끄러운 순간을 이렇게 맞이한다. 모든 직장인이 딩크족이 되길 원하거나, 아이는 하나면 충분하다고 생각하지는 않을 것이다. 쌍둥이를 낳으면서 나는 아이가 하나인 인생은 영원히 모르는 사람이 되었다. 아이는 처음부터 둘이었고, 나는 하나만 키우는 삶에 대해서 알지 못한다. 그래서 늘 가지 못한 길, 외동아이가 있는 집의 삶을 부러워했다. 물론, 처음에는 미안함에서 시작된 마음이었다. 쌍둥이들을 위해 뭐든 둘로 나누다 보니 혼자였으면 훨씬 더 많이 안아 주고 예뻐해 줄 수 있지 않았을까? 그러다가 아이가 하나인 부모의 여유로움이 부러워진다. 시간적으로도, 정서적으로도, 경제적으로도 여유가 있어 보이는 삶. 나는 그들을 부러워하는데, 그들이 나를 부러워할 리는 없다고 단정해서 생각했다. 그들은 세련되고 나는 촌스러운 선택을 한 느낌. 그런데 어텀이 처음으로 그건 아니라고 해 주었다.

여름을 만나다

by 어텀

어색한 축하

나도 모르게 "아이는 축복입니다."라는 말이 튀어나왔다. 지금 상황에서 섣불리 할 수 있는 말이 아닌데도 성급하게 내뱉고 말았다. 잠시 정적이 흘렀다. 무슨 말을 더 이어 갈지 고민하다가 "정말 축하해요!"라는 말로 마무리했다. 다행히 썸머는 이 순간을 길게 이어 가는 것이 서로에게 어색할 수 있음을 아는 듯했다. 그런데 이 입이 또 말썽이다. 마음속에 품고 있던 생각이 저절로 흘러나왔다. "저는 사실 둘째를 갖고 싶은데 마음대로 되진 않네요. 아내가…" 당시 아내와의 관계가 원만하지 않았다. 아이를 양육한다는 이유로 서로를 이해하지 못하고, 각자의 자리에서 지쳐가고 있었다.

아내는 "난 절대 두 번 다시 임신은 안 해!"라며 단호한 태도를 보였다. 그 래서 썸머가 셋째를 임신했다는 소식에 나는 걱정보다는 부러움이 앞섰다.

썸머는 같은 회사에서 자연스레 알게 된, 복도에서 마주치면 인사하는 정도의 관계였다. 새로운 대표가 취임하고 그의 지시로 생긴 TF에서 처음 함께 일하게 되었을 때도, 다른 부서의 직장 동료 그 이상도 이하도 아닌 관계를 유지했다. 다만 유독 인상 깊었던 것은 그녀가 제작부서 출신이 아 님에도 유일하게 적극적으로 의견을 개진했다는 점이다. 그녀의 주장에는 늘 논리와 데이터가 뒷받침되어 있었다. 듣는 이의 고개를 끄덕이게 만드 는 능력이 있었다. TF 활동을 하다가 나는 본래의 업무로 복귀했고, 얼마 지나지 않아 회사의 대대적인 개편이 있었다. 내 의사와는 무관하게 신설 부서로 발령이 났고 그곳에서 다시 썸머를 만났다. 부정적인 감정이 가득 했던 나와는 달리, 썸머는 새로운 시작에 대한 기대로 가득 찬 듯했다. 우 리는 업무상 많은 부분을 공유했다. 기존 업무와의 연관성 때문인지 썸머 는 새로운 일을 처리하는 데 망설임이 없었다. 그녀는 능숙했고 전문적이 었다. 나는 단지 다른 부서 출신으로서 새로운 관점을 제시하는 정도였지 만, 썸머는 때로는 팀장처럼, 때로는 팀원처럼 유연하게 움직이며 일을 해 결해 나갔다. 그렇게 지내던 어느 날, 그녀가 임신 소식을 전했고 나는 주 저 없이 그 말을 내뱉고 말았다.

잘 몰라서 미안해

내게는 아내에 대한 큰 빚이 있다. 출산예정일, 아내가 좋아하는 음식을 함께 먹고 설레는 마음으로 병원으로 향했다. 모든 것이 순조로워 보였다. 진통과 첫 출산에 대한 두려움으로 떨던 아내에게 "눈만 감으면 괜찮을 거야."라고 말했던 나의 무지함이 지금도 부끄럽다. 진통이 예상보다 길어졌고, 의사가 급히 찾아와 아이의 호흡이 불안정하니 자연분만과 제왕절개 중 선택해야 한다고 했다. 나는 "조금만 더 자연분만을 시도해 볼 수는 없을까요?"라고 물었다. 그 한마디가 지금까지도 아내의 마음에 깊은 상처로 남아 있다. 말로 표현할 수 없는 고통을 견디고 있던 아내의 심정은 아랑곳하지 않고, 막연히 자연분만이 좋다는 관념에 사로잡혀 있던 것이다. 그래서일까? 우리는 출산 당시의 경험도 서로 다르게 기억하고 있다.

지금은 미디어에서 임신과 출산에 대한 남성의 역할을 상세히 다루고, 임신 체험까지 보여 주니 그때의 내가 얼마나 무지했는지 새삼 깨닫는다. 변명하자면 그저 '자연분만이 좋다'는 전통적 통념에 사로잡혀 있던, 아무것도 모르는 남자의 순진한 발언이었다고 말하고 싶다. 하지만 임신과 출산은 여전히 여성만이 온전히 이해할 수 있는 영역임이 분명하다. 그래서인지 남성이 임신에 대해 조금이라도 언급하면 바로 질타를 받게 된다. 임신으로 인한 신체적 변화와 고통, 출산의 두려움을 경험해 보지 못한 이가 쉽게 말할 수 있는 주제가 아님을 이제는 안다.

썸머는 가고, 윈터는 돌아오고…

저출산 시대에도 임신 축하는 조심스러운 일이다. 갑자기 찾아온 축복일 수도 있기 때문이다. 그런데도 내 마음 한쪽에는 '임신이란 부부간의 신뢰와 사랑의 결실이며, 순수한 생명의 시작'이라는 생각이 자리 잡고 있다. 이런 생각이 썸머에게도 또 다른 부담으로 다가갔을까? 다행히 그 후로도 썸머와의 관계는 어색해지지 않았다. 어떤 상황에서도 공과 사를 구별하는 그녀의 태도 덕분이었다. 시간이 흐를수록 우리의 업무적 호흡은 더욱 깊어졌다. 그리고 나날이 커져가는 것은 썸머의 미소뿐만 아니라 그녀의 배였다. 셋째 '봄'은 엄마의 몸속에서 건강하게 자라고 있었다. 늘 균형 잡힌 모습을 보여 주던 썸머처럼.

어느덧 출산일이 다가왔고, 바쁜 일상에서 긴 대화도 나누지 못한 채 썸머는 육아휴직에 들어갔다. 시간은 생각보다 빠르게 흘렀다. 매일 아침 나의 보물 '봄'을 유치원에 데려다주고, 회사에서 주어진 일을 마치고 나면 하루가 저물었다. 썸머의 빈자리를 메우느라 더 바빠진 탓도 있었다. 하지만 불만은 없었다. 신설 부서의 불안정했던 업무가 점점 체계를 잡아가는 느낌이었기 때문이다.

몇 달이 지나고 우리 팀에 새로운 멤버가 온다는 소식이 들렸다. 팀장에게 가장 먼저 물어본 것은 그 사람의 결혼 여부와 자녀 유무였다. 우리 팀은 팀장을 제외하고는 모두 육아에 관심이 많아, 미혼자가 오면 오히려 적응하기 힘들지 않을까 걱정됐다. 그런 우려를 불식시키듯, 팀장의 입에서

"아들 셋을 키우는 직원이 복귀해."라는 말이 나왔다. 문득 이 가을날, 우리 팀에 다시 '여름'이 찾아올 것 같은 예감이 들었다.

'아들 셋 워킹맘'이라는 자갈길로 돌진

by 윈터

가슴 떨리는 두 번째 복직

자식에 대한 열망이 있던 것도, 애국해야겠다는 원대한 꿈이 있던 것도 아니다. 한 명이라도 낳아서 잘 키워 보자는 세상 속에 정신을 차리고 보니 나는 아들 셋을 키우는 워킹맘이 되어 있었다. 그저 '둘 정도 낳아 볼까?'라는 마음은 있었다. 그런데 둘째가 쌍둥이일지 누가 알았단 말인가! 두 번째 육아휴직이 끝나기 한 달 전 회사 팀장과 면담을 잡았다. 회사에 돌아가고 싶은 강한 의지와는 반대로 회사 상황이 받쳐 줄지 궁금했다. 그어느 회사도 다자녀 엄마를 선호하지는 않은 터이니 말이다.

일 년 만에 방문한 회사는 매우 낯선 모습이었다. 나의 사무실은 7층에서 11층으로 바뀌어 있었고, 회사의 재단법인화와 함께 새로운 직원들이 합류해 있었다. 낯선 공간과 낯선 사람들…. 무거운 공기가 느껴졌고, 10년 가까이 다닌 회사에서 난 이방인 같았다.

"아들 셋 존경한다." 팀장은 나를 처음 보자 이렇게 인사말을 건넸다. 나는 겸연쩍게 인사를 하고 그동안의 안부를 전했다. 말 한마디 한마디 속에서 그의 눈치를 살폈다. '나 돌아와도 되는 거예요?' 그리고 마지막으로 정말 해야 할 말을 전했다.

"팀장님, 회사에서 시행하고 있는 '일과 가정양립지원 휴가'를 써야 할 거 같아요. 1일 2시간 단축근무가 필요해서요."

"아 그래. 우리 팀에 워킹맘, 워킹대디들이 좀 있어. 아마 그들도 쓰고 있을 텐데. 한번 물어봐."

너무나 감사한 순간이었다. 내가 육아휴직 내내 고민하던 것이 한순간에 해결되었다. 회사는 재단법인화 전과 후의 분위기가 많이 달라져 있었다. 아마 세상이 변한 것일지도 모르겠다. '애 열심히 키우라고 하늘이 도와주는구나!' 나는 쾌재를 불렀다.

내가 근무했던 텔레비전본부는 여유가 없었다. 내가 빠지면 그 일을 누군가 나눠 해야 하는데, 회사는 그럴 만한 여유를 가지고 있지 못했다. 당연히 누군가의 임신은 또 다른 이의 업무 과중이 되는 게 현실이었다. 그러니 첫째를 임신하고도 배려를 요구하지 못했다. 교육 프로그램을 제작하던 당시, 만삭의 몸으로 입시설명회를 뛰어다니고 좁디좁은 중계차를 타야 했다. 첫째 육아휴직을 1년 들어가겠다는 말도 조심스러웠다. 우리 회사에서 텔레비전 여자 PD가 출산한 것은 내가 두 번째다. 출산 1호 여자 PD는 육아휴직을 6개월밖에 쓰지 않았다. 사실상 1년을 꼬박 다 채워 휴직하겠다고 나선 것은 내가 처음이었다. 그 당시 깐깐하기로 유명한 텔레비전본부장은 "당연히 1년 다녀와야지!"라고 말해 주었으나 그 말이 곧이곧대로 들리지 않았다. 그런데 복직하고 1년도 안 되어 두 번째 육아휴직을 들어간다니! 그때는 '될 대로 되라지!'라는 마음이 있었던 것 같다. 역시나 육아휴직과 동시에 있었던 회사의 조직변화 속에서 나는 텔레비전본부에서 다른 본부로 보내졌다. 그래도 돌아올 수 있는 회사가 있다는 것, 나의 자리가 있고, 동료가 있다는 것은 휴직 내내 큰 안심이 되었다. 물론 돌아왔을 때 그 동료들은 모두 낯선 동료들이었지만….

사치가 아닌 생존을 위한 단축근무

내가 단축근무를 해야 하는 이유가 단순한 육아는 아니었다. 쌍둥이를 낳고 첫째 아이의 언어발달 속도가 느리다는 사실을 깨달았다. 아이는 30개월이 될 때까지 문장을 이야기하지 못했다. 나를 향해 '물', '주스', '과자' 등의 단어만을 엉성한 말투로 뱉어 낼 뿐. 아이를 처음 키우는 부모가 내 아이의 발달이 느린 것을 알고 적극적으로 대처하는 일은 쉽지 않은 일이다. 나는 아이의 느림을 빠르게 눈치채지 못했다. 치료를 시작해 보자고 한 것도 남편이었다. 많이 고민하다가 복직할 때가 되어서야 첫째의 치료에 적극적으로 임하게 되었다. 치료를 하기로 한 이상 대충 할 수는 없다. 시간과 돈, 우리가 할 수 있는 것을 모두 쏟아부어야 했다. 일단 아이의 치료 일정을 따라다니기 위해서는 단축근무가 필수적이었다. 그리고 치료비를 감당하기 위해서는 일을 해야 했다. 어린 동생들은 그 시간에 돌봄 선생님께 맡겨야 했으니, 돈은 배 이상으로 들었다. 내가 좋아서 시작했고, 나의 자아실현을 위해서만 존재하였던 일은 그 순간부터 아이의 생존과 밀접하게 관련된 일이 되었다.

자갈길 위에 나만 서 있는 것이 아님을…

두 번째 육아휴직을 마치고 복귀한 첫날, 나는 마음이 무거웠다. 가정의 일만으로도 벅찬데 회사는 낯설었다. 흡사 첫 출근을 한 기분이었다. '저 사람들은 나를 어떻게 생각할까?'에 온 신경이 곤두섰다. 어디선가 보았으나 인사는 하지 않던 어텀을 그때 만났다. 나의 자리는 그의 옆 옆자리였다. 그리고 나의 앞자리는 썸머의 자리라고 했다. 그녀가 육아휴직에 들어갔다는 이야기도 그제야 들었다.

"썸머가 육아휴직이라고요? 쌍둥이를 키운다고 들었는데? 또 한 명을 가졌어요?"

어텀이 무심하게 "네."라고 대답했다. 큰일이 아니라는 투였다. 맞다. 큰일은 아니다. 하지만 분명 내가 출산휴가에 들어가기 전까지 그런 이야기가 없었는데 언제 임신했단 말인가! 나는 불가항력으로 셋을 키우는데 그녀는 의지로 셋째를 가졌단 말인가? 여러 가지 의문이 들었다. 하지만 의아함은 순간이었다. 곧이어 동질감이 생겼다. 데면데면했던 동료에게서 친밀감이 느껴졌다. 아이 셋, 쌍둥이. 내가 비빌 언덕을 만난 것 같은 기분이었다. 그녀를 빨리 만나고 싶었다.

"아마 윈터와 썸머는 잘 통할 거예요." 복잡한 생각에 휩싸인 나의 표정을 읽었는지 어텀이 웃으며 말했다.

아빠의 육아가 특별하지 않았으면

by 어텀

슈퍼맨의 탄생

미디어에서 연예인 아빠들의 육아 모습을 보여 주는 예능 프로그램이 한창이다. 아이들에게 이유식을 먹이거나 기저귀를 갈아 주는 장면을 보면 5년 전의 모습과 비교해도 참 많이 변했음을 실감한다. 하지만 카메라 밖 현실은 여전히 다르다. 내가 적극적으로 육아를 시작했을 때만 해도 회사에서 육아에 깊이 참여하는 남성의 모습은 흔치 않은 풍경이었다. 양가 부모님의 도움을 받기 힘든 상황에서 육아휴직을 처음 언급했을 때, 팀 내 반응은 차가웠다. 여성이 다수인 부서였음에도 공감을 얻지 못했다. 아마도 한 명의 부재가 자신들의 업무 부담으로 이어질 것을 누구보다 잘 알았기 때문일 것이다. 그들의 표정에서 읽히는 난색은 우리 사회가 아직 가야할 길이 멀다는 것을 보여 주는 듯했다.

결국 나는 육아휴직 대신 시간선택제를 신청했다. 하루 8시간 근무 대신 4시간으로 줄이는 선택을 한 것이다. 지금이라면 당연히 육아휴직을 선택했겠지만, 당시의 사회적 분위기는 달랐다. 후에 몇몇 여성 후배들이 대단하다고 말해 주었지만, 그때의 나에게 육아는 그저 살아남기 위한 몸부림이었다. 오히려 이 선택이 가져올 파장을 본능적으로 두려워하고 있었다.

늦은 저녁 8시, 조용해진 사무실에서 나의 업무가 시작되었다. 남아 있는 동료들과 일상적인 대화를 나누고 싶은 마음은 있었지만, 제한된 시간 안에 업무를 마쳐야 했기에 눈인사로 대신할 수밖에 없었다. 자리에 앉자마자 메일함을 열어 원고를 검토하고, 음악을 고르고, 큐시트를 작성했다. 진행자와도 예전처럼 여유로운 대화를 나눌 수 없었다. 원고만 건네고 바로 스튜디오로 들어가는 것이 일상이 되었다. 제한된 4시간 안에 2시간 분량의 방송을 준비하는 것은 불가능한 일이었다. 새벽 4시 전에 집에 들어간 날은 손에 꼽을 정도였다. 잠깐 눈을 붙이고 나면 곧바로 육아가 시작되었다. 다행히 우리 '봄'은 아침까지 푹 자는 순한 아이였다. 물론 아내가 이유식 준비를 도와주지 않았다면 불가능했을 일이다. 육아는 부모 중 한 사람의 희생만으로는 완성될 수 없다는 깨달음을 얻었다.

아빠의 순정과 헌신, 특별하지 않은 일상이기를…

하지만 사회는 여전히 육아를 '엄마들의 영역'으로만 바라본다. 아이의 기저귀를 갈기 위해 수유실 앞에서 기다리면 따가운 시선이 꽂힌다. 워터파크 안내데스크에서도, 식당에서도 '아빠와 아이'라는 조합은 여전히 낯선 풍경이다. 아무도 묻지 않았는데 "어머니는요?"라는 질문이 일상이 되었다. 그런 질문을 들을 때마다 우리 사회가 가진 편견의 두께를 실감한다.

시간이 흘러 이제 '봄'은 제법 자랐다. 그때의 고단했던 시간이 주마등처럼 스쳐 지나간다. 예능에서 보여 주는 화려한 육아의 모습 뒤에는, 수많은 아빠들의 땀과 눈물이 스며있다. 하지만 우리 사회는 아직도 '아빠의 육아'를 특별한 것으로 바라본다.

어쩌면 진정한 변화는 더 이상 아빠의 육아가 특별하지 않은 날, 그저 당연한 일상이 되는 그때 시작될지도 모른다. 그날이 오기까지, 우리는 얼마나 더 많은 발걸음을 내딛어야 할까.

나의 연차는 아이의 것

by 윈터

신기하고 놀라운 엄마의 촉

알람이 울리기 전에 눈이 떠졌다. 그런데 오늘은 평소보다 조금 이른 느낌이다. 벽에 붙은 LED 시계를 보니 4시 30분이다. '이불 속에서 잠을 조금 더 청해 볼까?' 다시 눈을 감았다. 그리고 옆에 자고 있던 셋째 아이를 슬며시 만져 보았다. 덥다. 여름이라 더운 게 아니다. 땀은 한 방울도 나지 않은 뽀송함에서 기분 나쁜 뜨거움이 전해졌다. 아이의 몸은 불덩이였다. 이 정도면 39도는 거뜬히 넘을 것 같았다. 체온계를 찾아 부랴부랴 체온을 재니 역시나 39.2도. 신기하게도 엄마는 아이가 이상하면 기가 막히게 그 기운을 알아챈다. 순간 잠이 싹 달아났다. 그리고 잠시 뒤 '오늘 회사에서 중요한 미팅이 있는데….'라는 생각이 스쳤다. 하지만 어쩌겠는가. 강제 연차 당첨이다. 한숨이 절로 나왔다.

아이들은 수시로 아프다. 자주 아프다는 말로도 모자랄 만큼 아픈 횟수가 많다. 가볍게는 알 수 없는 원인에 의한 알레르기, 장염, 감기까지…. 콧물은 매일 달고 사는 기본값인 거 같다. 하지만 그 정도 아픈 건 일도 아니다. 가장 무서운 것은 열이다. 감기에도, 장염에도, 알레르기에도 아이들은 열이 난다. 열이 나는 것으로 아픔의 강도를 표현한다. 그래서 열이 펄펄 끓어대는 날이면 나는 긴장이 된다. 당장 해열제부터 챙겨서 아이 입에 털어 넣었다.

그리고 시간을 확인해서 핸드폰에 적어 놓았다. '4시 40분 부루펜 6밀리'

아이를 키우면 잡다한 지식이 늘게 된다. 나에겐 해열제도 그랬다. 해열제가 아세트아미노펜 계열과 부루펜 계열 두 가지라는 것. 다시 복용하기 위해서 시간 간격이 있어야 하고, 계열 간 교차 복용할 수 있다는 것. 일상에서 모르며 지나쳤던 것들, 혹은 평생을 몰랐을 것들을 알게 된다. 아이의 열이 안 떨어지면 다음 복용은 '6시 40분 아세트아미노펜 6밀리'다.

'눈 깜빡하고 나니 늙었더라.'라는 어른들의 말은 헛말이 아니었다. 나를 챙기지 못한 채 시간이 흐른다. 수험생이던 시절에도 하루 꼬박 여섯 시간을 챙겨서 자던 나였다. 그런 내가 이제는 하루에 두세 시간 쪽잠을 자면서도 하루를 살아 낸다. 나는 눈이 반쯤 감긴 채 젖은 수건으로 연신 아이의 몸을 닦아 내려갔다.

대량 연차 소진의 신호탄! 법정 전염병

현실적으로 가장 큰 문제는 법정 전염병이다. 그때 아이들은 유치원이나 어린이집에 갈 수 없다. 무조건 가정 보육을 해야 한다. 아이가 셋이나 되니 가정에서 보육하면 셋이 줄줄이 사탕으로 병을 옮게 되는 건 떼 놓은 당상이다. 여름에는 수족구병, 겨울에는 독감, 폐렴. 신기하게도 철마다 자주 출몰하는 유행병들이 있다. 이번에 셋째에게 찾아온 병은 수족구다. 입과 손, 발을 중심으로 수포가 올라오고 열도 난다. 어린이집은 그 수포들이 가라앉아 딱지가 떨어지면 갈 수 있다. 꼬박 일주일이 걸린다.

나는 아이의 병치레가 1차 마무리되고 일주일 뒤 회사에 갈 수 있었다. 피골이 상접한 나를 보고 어텀이 걱정스럽게 말했다.

"괜찮아요? 아이가 아픈 게 아니라 윈터가 아픈 거 아녜요?"

연차를 5일씩이나 소진했으면 그 누구든 얼굴이 뽀얗게 되어 나타나야 정상일 테니 말이다.

"제가 셋째 수족구라 쉬었잖아요? 그런데 이번엔 둘째가 수족구래요."

그랬다. 셋째의 수족구병이 끝나갈 무렵 함께 강제로 가정 보육 중이던 둘째도 같은 병에 걸렸다. 종일 붙어 있으니 당연한 순서였다.

"아직도 안 끝났어요?" 어팀이 황당한 얼굴로 되물었다.

아직 끝나지 않은 우리 집 전염병 이야기에 사람들은 신기해했다. 못된 말처럼 들리겠지만 이럴 거면 모두 함께 아픈 게 낫다. 1년에 이십여 일 되는 연차를 무려 1/4이나 썼는데도 아직 연차 소진이 현재 진행형이니 말이다.

"이번엔 남편이 연차 썼어요. 왜 애들은 매번 디졸브로 아파요? 살 수가 없어 정말!" 좌절한 표정으로 내가 대답했다. 기간이 길어지면 부모의 체력과 연차는 제로가 되어간다. 애가 많다고 많아지는 연차도 아니지 않은가?

출산 아동의 수만큼 연차를 더 부여할 수 없는 걸까?

예전에는 방송 일정 중심으로 돌아가던 나의 연차 생활이었다. 방송 생활은 365일 밤낮없이 바쁘다. 하지만 절정에 달하는 지점이 있으니 바로 개편이다. 개편하기 전까지는 폭주 기관차처럼 달린다. 그리고 개편을 마무리하고 나면 일이 주 정도의 숨 쉴 여유가 찾아온다. 나는 주로 그 시기에 연차를 썼다. 늦가을이나 초겨울쯤, 일주일 정도 해외여행을 다녀왔다. 그렇게 1년에 한 번 정도 재충전을 해도 남는 게 연차였다. 그런데 지금은 써도 써도 모자란다. 그마저도 눈치가 보인다. 아이들은 예고하고 아프지 않은 까닭이다. 이번에도 팀장이 요청했던 보고서를 마무리해야 했다. 마냥 쉴 수는 없어 아이의 병시중을 들며 자발적 재택근무를 하였다.

"아이 한 명 더 낳을 때마다 천만 원씩 준다고 하지 말고 연차나 더 줬으면 좋겠어요."

나는 씁쓸한 말을 남기고 자리에 앉았다. 그동안 집에서 하지 못한 일처리를 서둘러 해야 했다. 컴퓨터를 한창 두들기고 있으니, 머리가 띵해 왔다. 오랜만에 몰려오는 두통이다. 서랍에 있던 타이레놀 한 알을 꺼내 책상 위 커피와 함께 단숨에 꿀꺽 삼켰다. 그래도 몸이 점점 무거워지는 것이 열이 올라오는 기분이 들었다.

'왜 이러지?' 싶은 순간, '혹시 코로나 아닐까?'하는 의심이 들었다. 이제 막 아이들의 수족구병이 끝난 터였다. 코로나까지 옮길 수 없었다. 집에 가기 전 서둘러 아이들과 자주 가는 집 앞 병원을 찾았다.

"어머니도 수족구 같은데요?" 의사는 내 입 안의 수포 사진을 보여 주었다.

"네? 성인도 수족구에 걸리나요?" 나는 수족구가 아이들만 걸리는 병인 줄 알았다. 이렇게 또 의학 상식이 늘었다.

"그렇죠. 옮죠."

그렇게 나는 전염병의 가장 마지막 희생양이 되었고, 그제야 우리 집에서 전염병이 종식되었다. 그리고 나는 또 휴가를 써야 했다.

사립초등학교가 워킹맘의 필수템?

by 썸머

사립초에 떨어짐 = 복직이 멀어짐

이럴 수가! 다 떨어졌다. 정말로 다 떨어졌다. 쌍둥이들의 사립초 추첨 결과는 참혹할 지경이었다. '사립초가 떨어지면 어때? 집 앞의 공립초 보내면 되지!' 하는 간단한 문제가 아니었다.

쌍둥이들이 다니는 유치원도 네다섯 시에 마치는데, 공립초는 오후 1시 30분에 집에 돌아온다. 심지어 12시 40분이면 마치는 날도 있다. 다시 말해, 하교 시간 이후부터 나의 퇴근 시간까지 무언가로 채워놓아야 한다는 말이다. 먼저 아이를 초등학교에 입학시킨 친구의 말에 따르면 이 작업을 '테트리스'라고 했다. 구세대 유물 같은 그 게임이 다시 한번 등장한 까닭은 정말이지 테트리스 작업처럼 정교하게 모든 시간을 자로 잰 듯 구성해야 했기 때문이다. 어렸을 때도 테트리스에 능하지 않았는데 이게 무슨 일인가? 이 작업은 보통의 노력으로 뚝딱 끝낼 수 있는 것이 아니다. 우리 아이만을 위한 학원이 애초에 존재하지 않기 때문이다.

과감히 사립초등학교에 지원하기로 했다. 아이 셋을 사립초에 보내려면 보통 빠듯한 게 아니지만 일단 둘부터 먼저 보내면서 후일을 생각해 보기로 했다. 평균적인 하교 시간은 4시 언저리였기 때문에, 셔틀을 타고 돌아오는 시간에 맞춰 학원 한 군데만 끼워 넣으면 대략 나의 퇴근 시간에 맞춰 만날 수 있을 듯했다. 학교는 엄마가 없는 곳 중에선 가장 안전한 곳이므로 내가 없는 시간 대부분은 학교에 있어 주길 바랐다. 물론 이마저도 산산이 부서지는 흉흉한 뉴스가 나오긴 하지만, 바쁜 워킹맘의 선택지는 언제나 부족하다. 내가 가진 선택지 중 통계적으로 가장 안전한 곳은 '학교'다.

학교 선정은 어렵지 않았다. 코로나 때문에 서울시 내에서 단 한 곳만 넣을 수 있었던 사립초 추첨은 전자 추첨 방식으로 바뀌어서 무한정 넣을 수 있었다.(지금은 세 곳만 넣을 수 있다.) 아파트 단지 앞으로 오는 셔틀버스도 꽤 되었다. '그중 하나는 되겠지, 뭐.' 이런 안일한 생각이 처참한 결과를 낳았는지 모르겠으나 아이들은 어떤 곳에도 당첨되지 못했다.

인정하기 어려웠다. 내가 너무 일찍 지원해서, 혹은 늦게 지원해서일까? 내가 운이 너무 없는 걸까? 산후우울증도 없었던 내가 낙첨 우울증에 빠질 지경이었다. 정말로 내가 수능을 한 번 더 보는 조건으로 사립초 당첨을 시켜준다면, 수능시험을 볼 의사도 있었다! 하지만 사립초에 떨어진, 곧 복직을 앞둔 워킹맘이 할 수 있는 일은 당장 회사에 연락하는 것. "제가 복직이 좀 늦어질지도 모르겠습니다." 셋째 낳고 육아휴직 1년, 그리고 또 다시 1년. 사립초 추첨이 될 줄 알고, 바로 돌아오겠다고 했던 말이 무색하게 난 또 회사에 모기만 한 목소리를 내는 약자가 되었다. 물론, 따스한 팀장과 굉장히 안정적인 모성보호 시스템을 갖춘 회사 덕분에 이나마도 가능한 것이다.

엄마의 테트리스 작업

아이의 초등학교 입학은 여전히 많은 엄마가 사직서를 제출하는 시기이기도 하다. 초등학교 1학년은 대학교 1학년이 아니다. 모든 인간이 갑자기 8살 시작과 동시에 어른스러워지는 것도 아니다. 여전히 교육 외에 보육이 필요한 시기다. 어제까지 엄마 손잡고 길 건너던 아이가 초등학교 입학과 동시에 스스로 등하교를 하며 혼자 집에서 간식을 챙겨 먹고 엄마를 기다릴 수 있는 것은 아니다. 그런데 사회 시스템은 마치 8살부터 모두 스스로 할 수 있는 것처럼 짜였다. 엄청난 모순 앞에서 화가 나는 것도 잠시, 공립초의 돌봄교실도 100% 당첨되는 것이 아니라고 하니 울고 싶었다. 돌봄교실이 안 되면 무시무시한 하교 시간에 맞춰 교문 앞에 서 있어야 하는 건 '나'다. 복직한다면 나 대신 교문 앞에 설 사람도 찾아야겠지. 무조건 돌봄교실부터 붙어야겠다.

"어머, 돌봄교실은 그냥 간식 먹으러 들르는 정도야. 거기 3시 되면 애들 거의 없어요."

동네 엄마의 거드는 한마디가 고마운 건지 짜증 나는 건지 모르겠지만, 돌봄교실이 되어도 오래 있을 곳은 못 된다는 말인가 싶어 나는 동네 학원 투어에 나섰다. 아이가 뭘 좋아하는지, 내가 뭘 가르치고 싶어 하는지는 나중 문제다. 일단 나의 퇴근 시간 전까지 아이를 무사히 데리고 있어 줄 만한 곳 위주로 추려내는 작업이다. 유치원 보내는 것 외에 별다른 사교육이 없었던 아이들 덕분에 학원비는 신세계였다.

보통 사립초는 분기별로 학비를 받지만 대략 월별로 따지면 인당 100만 원 내외의 비용이 필요하다고 한다. 동네 학원을 돌아다니면서 공립초 하교 후 4~5시까지 아이를 학원에 보내려면 그 돈만큼 필요하다는 것을 느꼈다. 물론 사립초를 다니면서 하교 후 사교육을 더 시킨다면 훨씬 큰 비용이 소요되겠지만, 일단 사립초의 하교 시간에 맞춘 공립초 하교 후 학원 뺑뺑이의 비용은 거의 비슷하다. 일장일단이 있겠으나 사립초는 엄마의 테트리스 작업 없이 학교라는 안전한 테두리 안에서 그 시간을 보내는 것이고, 공립초 시스템의 경우 다양한 사교육을 고루 받을 수 있으나 엄마의 테트리스 작업이 수반된다는 것이다. 하지만, 테트리스가 늘 잘 맞는 것은 아니라 어느 날 잘못 끼워지면 무서운 연쇄작용으로 '게임오버'인 경우도 발생하는데 이건 워킹맘 처지에선 악몽 같은 일이다.

사립초가 아니어도 괜찮아

결국 아이의 사립초는 개인의 선택이고, 누군가에게 사립초는 여전히 '오버' 혹은 '사치재'일 수 있다는 것을 안다. 하지만 '돌봄'이고, '늘봄'이고 현장은 언제나 한발 늦다. 회사는 늘 한발 앞선 인재를 요구하고, 학교 현장은 늘 한발 늦어서 그 중간에 있는 엄마는 가랑이가 찢어질 지경이다. 돌봄교실과 학원 일정으로 범벅된 테트리스 작업을 마친 뒤 나는 복직했지만, 변화무쌍한 학교의 일정표 및 아이들의 컨디션으로 영혼과 몸이 아이 학교, 집, 회사에서 삼단 분리되는 경험을 매일 했다. 핸드폰 없는 아이들의 학원 등원이 늦어지면 회의 시간에 발 동동 구르는 일이 다반사였고, 다음 학원으로 갈 셔틀을 놓치면 그야말로 온 집안 사람을 다 동원해 아이를 실어 날라야 하는 일도 있었다. 그 어떤 순간에도 내가 잘못한 일은 없었지만 "죄송합니다." 말하는 사람은 엄마인 나밖에 없었다. 회사에도, 학교에도, 학원에도 나는 늘 죄송하고 미안한 사람이 되었다.

인간이 적응의 동물이라는 것은 어찌 보면 슬픈 명제이다. 어쨌든 난 이 생활에 적응했다. 하지만 나 말고 아이들도 적응해야 했다. 교문 앞까지 두 아이의 손을 잡고 뛰며 오늘의 학원 일정을 읊으면서도, 하교 시간에 맞춰 등장한 **빽빽한** 교문 앞 보호자들 사이에서 손과 간식 가방을 동시에 흔들면서도, 아이에게 빼먹지 않고 한 말이 있다.

"엄마랑 아침 9시에 헤어지면, 저녁 6시에 만나는 거야, 알았지?" 아이들에게 학교 마치고 집에 돌아와서 엄마와 함께할 수 있는 날이 있을 것이라는 희망은 애초에 심지 않았다. 아이들은 그렇게 하교 후에도 집이 아닌 학원을 도는 것이 당연한 인생으로 서서히 물들어갔다. 이렇게 엄마의 복직일에 맞춘 강제적 '적응 완료' 데드라인 앞에서 아이들은 불안하고 초조한 기색이 역력했다. 아이들은 정해진 일정보다 불안함과 초조함에 더 일찍 적응했다.

예상보다 늦어졌지만, 아이들이 1학년을 채 마무리하기 전에 회사로 돌아왔다. 회사는 우울한 얼굴을 하고 조용히 침몰하고 있었지만, 동료들은 그들의 '봄' 이야기할 때 가장 즐거워했다. 가끔 회사 동료들이 사립초 입학을 앞두고 고민하느라 상담을 요청하면 나는 어김없이 "후회 없이 도전해 보라!"고 한다. "사립초는 선택하는 게 아니라 선택당하는 일!"이라는 말도 덧붙이며. 2학년 전학 추첨에도 장렬히 떨어진 쌍둥이들은 이제 4학년이다. 공립초에서 잘 지냈고, 사립초 낙첨이 세상 무너지는 일이 아니라는 것을 충분히 경험했다. 하지만 셋째가 초등학교 갈 즈음 나는 사립초를 놓을 수 있을까? 그때는 내가 이 어마어마한 테트리스 게임의 승자가 될 수 있을까?

회사를 없애겠다는 말은
거부하겠습니다

by 썸머

육아휴직의 '휴(休)'는 좀 빼야 할 것 같습니다만?

육아휴직의 막바지였다. 쌍둥이들은 무사히 1학년 1학기를 보냈고, 첫 여름방학을 알차게 보내고 있었다. 막내를 낳고 돌 전까지 키우느라 1년, 연달아 쌍둥이들 초등학교 입학으로 1년을 휴직하면서 회사와 점점 멀어졌다. 몸이 멀어지니 마음도 멀어졌다. 멀어짐을 인지하면 불안함이 스멀스멀 찾아온다. 다시 돌아간 그곳에서 잘 해낼 수 있을까? 물론 불안한 생각을 오래 할 수 있는 것은 아니다. 그럴만한 시간적 여유가 없다.

육아휴직은 과연 '휴(休)'를 붙이는 게 맞는지 강력한 의심이 들 정도로

강도 높은 육체노동과 정신적 스트레스를 동시에 앓는 기간이기 때문이다. 육아와 가사노동에 퇴근이 없다는 것을 제대로 깨닫는 때는 정말로 회사에서 퇴근하지 않게 된 순간부터이다. 회사라는 공식적인 핑계가 사라지면 어느샌가 집안의 모든 일은 당연히 '휴직' 중인 자의 '공식 업무'가 된다. 분명히 육아를 목적으로 한 휴직인데, 육아에 가사가 더불어 따라온다. 그 둘을 애초에 분리한다는 것 자체가 불가능한 일이기도 하지만 이 미묘한 불분명함 때문에 육아휴직자의 공식 업무는 최상의 난도를 자랑한다. 나는 이쯤 되면 육아휴직이 아니라 '육아직 변경 및 가사 겸직'이라는 표현이 더 정확하다고 말하고 싶다.

직장을 가진 사람이 내 아이를 내가 스스로 돌볼 수 있다는 것 자체가 굉장한 혜택이다. 그래서 회사의 배려로만 육아휴직이 이뤄질 수 있다는 현대의 암묵적 사회 시스템은 "너무 힘들다!"는 이야기에 "그래도 너는 육아휴직이라도 할 수 있잖아!"란 대응으로 재갈을 물린다. 나는 그 모든 사회적 시선이 육아휴직이란 단어에서 차지하는 망할 놈의 '휴' 때문인 것 같다. 대체 육아휴직 기간 내내 그 망할 놈의 '휴'는 어디에 있단 말인가? 사람마다 다르겠지만 나는 육아휴직 기간이 길어질수록 불안함에도 복직을 갈망했다. 그 '휴'란 단어에 갇혀서 업무 평가조차 제대로 받고 있지 못하는 이 시스템이 문제라며, 나를 달달 볶는 상사라도 그 밑에서 일하는 게 훨씬 덜 억울하겠다고. 하루 종일 아이들에게 시달리고 녹초가 된 밤이면 돌아가고자 하는 의지를 불태우곤 했다. 코로나까지 겹쳐 공동육아 시스템이 완전히 붕괴한 사회에서 세 아이를 2년 동안 키우느라 매사에 불만이 팽배했던 육아휴직자인 나에게 '돌아가면 잘 해낼 수 있을까?'란 불안감 외에 새로운 불안감이 겹친 건 그 무렵이었다.

육아휴직 후 돌아갈 회사는 있고?

돌아갈 회사가 있을까? 회사에서 심심치 않게 들려오는 소식은 불안 그 자체였다. 이미 휴직하기 전부터 시작된 그늘이었다. 대책 없는 낙관주의자처럼 '내가 돌아올 때쯤 다 해결되었겠지…'하는 막연한 생각은 그야말로 막연하기만 한 것이었다. 해결되기는커녕 악화의 길로 접어들고 있었다.

그해 여름, 아이들에게 수박을 잘라주다 회사의 폐지조례안이 발의되었다는 소식을 접했다. 우리 회사는 방송사이면서 동시에 공공기관의 성격을 지닌 곳이라 시의회의 지원조례에 근거해 예산이 편성되고 지원된다. 폐지조례안은 이 지원조례를 폐지하겠다는 뜻이다. 정치 영역에서는 갑론을박이 있을 수 있지만, 결론만 딱 말하면 "너희 문 닫아!"란 말과 다름이 없다. 회사 다니는 약 10년간 쓴 수많은 보고서에서 저널리즘이나 콘텐츠의 가치라는 표현은 수도 없이 쓴 것 같다. 그런데 폐지조례안 앞에서는 그간 내가 추구한, 동료들이 추구한, 회사가 추구한 무형의 가치는 의미 없었다.

밥숟가락 앞에서 온전히 꼿꼿할 수 있는 저널리스트는 저널리즘 교과서 안에서만 존재한다. 구성원들이 붕괴하고 있었다. 안팎으로 지뢰가 터지는데 힐난의 목소리가 새어 나왔다. 이 사태를 누가 만들었는지 책임 문제가 불거졌고 종종 동료들과 통화하면 한숨이 더 길어지는 대화가 이어졌다. 돌아가서 내가 하던 업무 외에 다른 업무가 맡겨지면 어쩌나, 잘 안 맞는 상사의 팀에 배치되면 어쩌나, 육아휴직 썼다고 은근히 눈치 주는 건 아니겠지 등의 걱정과는 차원이 다른 걱정이 생긴 것이다.

이제 막 초등학교에 입학한 쌍둥이들에게 늘 "엄마는 이렇게 1년 있다가 곧 회사로 돌아가. 그러니까 너희는 그 전에 이 모든 것을 스스로 할 수 있도록 연습하는 거야."라고 말했다. 그것은 아이들에게도 예고였지만, 나에게도 예고였다. 예고가 송두리째 오보될 수도 있는데 남편은 한가로이 말했다. "그거 그냥 겁주는 거야. 절대 그렇게 될 수가 없어. 진짜 폐지하더라도 지금처럼 애들 돌보면 되고…."라고. 마지막 말 때문에 나는 진짜 겁을 먹었다.

회사를 없앤다니, 누구 마음대로!

육아휴직에서 얻은 가장 확실한 소득은 내가 전업으로 육아 및 가사를 담당하기에는 영 실력도, 의지도 없다는 것을 확인한 것이다. 아이는 예쁘지만, 힘들다는 소리가 절로 나왔다. 가사는 해도 티가 안 나지만, 안 하면

들통나는 극악의 성실도를 자랑하는 업무임을 깨달았다. 무엇보다 투자한 시간 대비 영 실력이 좋아지지 않아서 너무 답답했다. 그렇지만 회사가 이 시간을 보장해 주고, 부족하나마 아이들을 곁에서 직접 돌볼 기회를 제공해 주었다는 것은 감사했다. 이 기회가 없었다면 내가 육아와 가사에 영 별로라는 것도 깨닫지 못했을 테니까.

　하지만 회사가 사라지면 이야기는 달라진다. 돌아갈 곳 없는 엄마는 갑자기 사라진 데드라인 앞에서 허둥대기 마련이다. 복직 전날까지 전력 질주 중인데 보이지 않는 손이 도로에서 나와 내 발목을 잡았다. 넌 영원히 이 도로에 갇힐 수도 있다는 무언의 압박이 육아휴직 막바지에 나를 초조하게 만들었다. 초조함 뒤에는 무력감, 무력감 뒤에는 우울함. 순서대로 줄 맞춰 찾아오는 감정들이 나를 지배하기 전에 회사에 나가 무엇이라도 해 보겠다고, 나는 예정보다 두 달 앞당겨 복직했다. 그간 육아의 가장 고된 특징은 끝이 없다는 것이었다. 드넓은 축구장을 쉴 새 없이 뛰어다니던 축구선수 박지성도 "종료 휘슬 없는 육아가 훨씬 더 힘들다."고 고백하지 않았나? 종료 휘슬 없는 육아에 2년 동안 충분히 단련해 왔다. 폐지조례안 때문에 시작된 지긋지긋한 싸움의 끝은 알 수 없지만, 분명한 건 종료 휘슬 없는 일에 엄마들은 강하다. 대한민국 엄마의 힘을 보여 주겠어! 회사를 없앤다니, 누구 마음대로!

이겨낼 수 있다는 의지

by 윈터

썸머 & 윈터, 크로스!

그녀가 돌아왔다. 대학생처럼 상큼한 모습으로 사무실에 등장한 썸머! 누가 봐도 애 셋을 키우는 엄마처럼은 보이지 않는 모습이었다. 나의 경우는 첫 번째 출산 후와 두 번째 출산 후가 달랐다. 첫째를 낳고서는 그럭저럭 몸이 원래의 모습으로 돌아온 느낌이었으나 두 번째 출산 이후에는 몸이 예전 같지 않았다. 쌍둥이였던 탓도 있겠지만 나이 탓도 있으리라. 몸무게도 원래대로 돌아오지 못했고 체력은 더 떨어졌다. 조금만 걸어도 금방 숨이 찼다. 그런 나와는 다른 모습의 썸머였다.

그녀가 언제부터 회사에 있었는지는 기억나지 않는다. 회사가 상암으로 이전하기 전 남산 청사에 있던 때는 멀리서 그러한 사람이 있다는 이야기로만 들었던 존재였다. 얼굴도 나이도 몰랐다. 그러다가 상암으로 오면서 시청률 조사와 편성의 일로 몇 번 만나 말을 섞었었다.

PD에게 시청률은 스트레스 그 자체다. 당시 썸머는 매일 시청률 데이터를 뽑아 분석했고, 대표실과 텔레비전본부로 분석 자료를 보냈다. 다음은 불 보듯 뻔했다. 텔레비전본부장을 비롯해 팀장들이 줄줄이 대표실로 불려 갔다. 숫자 하나에 매일 울고 울었다. 한마디로 반갑지 않은 일을 하는 그녀였다. 만나면 어색해서 까딱하고 눈인사만 하고 지나가는 그저 그런 직장 동료가 썸머였다.

하지만 나는 복직의 순간부터 혼자 마음속으로 그녀를 크게 의지했었다. 애 셋, 쌍둥이. 나는 아들이 셋이지만 그녀는 딸이 셋이다. 이미 할 이야기가 차고 넘쳤다. 하지만 첫날 그녀의 모습은 낯설었다. 나와는 다른 삶은 사는 사람인가. 나는 하루하루가 치열했다. 먹이고 씻기고 재우고 하는 것만으로 시간이 빛의 속도로 흐르고 나의 기력이 그 몇 배 이상의 속도로 소진되는 하루였다.

"썸머, 반가워요! 어쩜 이렇게 대학생 같아요?"

나의 안부 인사에 그녀는 진지하게 응답했다.

"저… 살려고 운동했어요!"

늙지 말고 건강히 깊어지자는 다짐

회사는 어두웠으나 썸머는 밝았다. 회사는 여전히 폭풍 속에 있었다. 가장 논란이 되었던 라디오 프로그램이 12월 말을 기점으로 폐지된다는 소문만 돌았을 뿐 실제로 그가 하차하는지 아닌지 정확히 아는 사람도 없었다. 우리는 어디에 쓸려 가는지 모르게 계속 흘러만 가고 있을 뿐이었다. 그 무렵 회사로 돌아온 '준 헬스 트레이너'인 썸머는 생기가 가득했다. 살려고 운동했다는 그녀의 말은 치열했으나 활기가 넘쳤다. 회사에 출근하던 나를 포함한 동료들과는 다른 기운을 가지고 있었다.

그렇게 매일 아침 8시 사무실에 썸머, 어텀, 윈터가 만났다. 간단한 안녕의 인사 후 주된 이야기는 단연 건강이었다. 이미 운동하고 있던 어텀과 썸머는 운동 이야기와 영양제 이야기를 가득 이어 갔다.

"저는 아침에 일단 유산균을 먹어요. 그리고 비타민C랑 철분은 같이 먹으면 흡수가 잘 돼요."

종합영양제도 챙겨 먹지 못하는 나였기에 지식 백과사전 같은 그녀의 이야기는 늘 신기했다. 오늘도 난 아침에 싸 온 빵에 버터를 잔뜩 발라서 커피에 한입 하며 그녀의 이야기를 듣고 있었다.

"윈터! 버터는 빼고 드세요. 이미 빵에 버터가 잔뜩이랍니다."

엄마 같은 잔소리가 정겹고 밉지 않았다. 그런 그녀가 운동하자고 제안했을 때 나는 고마웠다. 그녀는 회사 지하의 트레이닝 센터를 등록해서 새벽 시간이나 점심시간에 운동하러 갔다. 복직하고 그녀가 만든 루틴이었다. 거기에 함께하자는 제안. 한때 요가를 하다가 출산 후 놓은 운동이었다. 시작하려니 겁이 났다. 하지만 난 몸이 점점 상해 가고 있었다. 어느 날부터인가 얼굴이 화끈거리고 몸이 계속 부어갔다. 아침에 일어나도 산뜻하지 못하고 무거움이 가득했다. 혹시나 하는 마음에 남편을 데리고 산부인과에 가서 갱년기 검사도 했다. 그러한 나에게 썸머의 제안은 나를 살아서 움직이게 한 기폭제가 되었다.

"윈터, 운동해요. 내 마음대로 되는 건 몸뚱이밖에 없더라고요."

나는 그녀를 따라서 회사 지하 트레이닝 센터에 필라테스와 헬스를 등록했다. 회사도, 가정도, 건강도 어수선할 때 운동으로 버틸 수밖에 없었다. 코어 근육이 하나도 없던 나에게 가장 중요한 것은 지구력과 근력을 만드는 일이었다. 예전이라면 다이어트를 위해 유산소 운동을 중심으로 했겠지만, 이제는 근육을 만드는 일에 집중해야 하는 40대였다. 처음에는 몸이 두들겨 맞은 것 같은 고통이 있었다. 하지만 이러한 고통이 조금씩 즐거워졌다. 운동에 중독된 사람들을 조금이나마 이해할 수 있었다.

썸머는 식단 관리도 했다. 주말이면 닭고기를 직접 '수비드'하였고 채소를 매번 정성스럽게 싸왔다. 견과류도 잊지 않고 챙겨 먹었다. 나에게는 건강한 자극이었다. 썸머를 따라 아침과 점심, 저녁을 그렇게 영양분이 맞

쳐진 식단으로 짜 내려갔다. 완벽한 식단은 아니지만 나에게 맞는 형식으로. 그러자 나의 몸이 점점 좋아졌다. 아침에 일어나는 일이 조금씩 상쾌해졌다. 회사는 어려워지고 있었지만, 튼튼한 신체로 버텨질 수 있을 것 같은 의지가 생기는 하루하루였다.

인생의 필수지침, 운동

by 썸머

허리디스크라고요?

늘 똑같은 아침이었는데 일어설 수가 없었다. 그냥 고개만 들었는데 허리가 발전소처럼 온몸으로 전기를 찌릿찌릿 흘려보내는 것 같았다. 이게 무슨 일이지? 웃어도 아프고 찡그려도 아프고 가만히 있어도 아프다. 육아휴직자의 어느 평범한 하루가 더 이상 평범하지 않은 날이 왔다. 어텀이 이럴 땐 정형외과가 아닌 신경외과를 가라고 했는데, 정말 신경외과에 가는 날이 오는구나. 그러고는 너무나 익숙한 병명. 일명 허리디스크라 불리는 '추간판 탈출증'.

"수술하기엔 아직 젊으니까 운동하세요!"

곧 회사로 돌아가야 할 날이 오고 있는데, 디스크라니! 최선을 다해서 아이 셋을 키운 결과가 너무 잔인하지 않은가. 아이 셋에게 아낌없이 내어 준 영양분이 빠져나간 자리를 여실히 느끼게 되는 순간! 아이 셋을 돌 때까지 완전히 모유 수유하며 키운 것도, 아이 셋 다 두 돌까지 기관 생활을 하지 않고 집에서 키우고 있던 것도, 그때까지도 무염 반찬, 저염 반찬 만들기를 쉬지 않고 했다는 것도 다 의미가 없었다. 내가 건강하지 않으면 아이를 어떻게 키운단 말인가?

'쇠질'이 아닌 '나무질'부터 시작

그렇게 동네 피트니스 센터의 문을 두드렸다. 한창 보디 프로필 사진을 찍는 게 유행이던 시절이라 북적거리던 그곳을 나는 허리디스크 때문에 갔다. 다행히 좋은 트레이너를 만났다. 나는 그를 꼬박 선생님이라고 부르며 시키는 대로 차곡차곡 해 나갔다. 아이 셋 엄마가 운동할 시간이 어딨 느냐고 그랬는데, 아이 셋을 키우려면 없어도 만들어야만 했다. 아이들을 학교 보내고, 셋째를 잠시 친정에 맡긴 채 한두 시간씩 땀을 흘렸다.

남들은 흔히 '쇠질'이라고 하는데 나는 처음엔 500g짜리 나무막대기를 들며 '나무질'을 시작했다. 주말은 새벽 6시에 나가 운동했고 아이들이 깨기 전인 8시 50분쯤 돌아와 아이들의 아침을 차렸다. 하다 보니 새로운 사실을 깨달았다. 의외로 헬스는 모범생인 내게 딱 맞는 운동이었다. 유일하게 내 자신에게만 온전히 집중할 수 있는 시간이었고, 또 연습한 만큼 결과가 나왔다. 한 달 전엔 들 수 없던 무게를 한 달 후의 나는 들고 있었다. 근육은 더디더라도 천천히 몸에 붙었다. 유튜브 알고리즘이 아이 교육에 서 운동으로 넘어가는 순간이었다.

아이도 남편도 회사도 내 맘대로 움직이지 않지만, 온전히 내 몸만큼은 내 가 움직이는 대로 변해갔다. 무엇보다 아이를 돌볼 수 있는 체력이 생겼다. 당시 15kg 수준이던 셋째는 충분히 안고 뛸 수 있을 정도였다. 늦은 밤 지쳐 잠드는 날들이 줄었다. 몸이 건강해지니 마음에 여유가 생겼다. 아이들에게 너그러워졌다. 혹시나 허리디스크 때문에 복직이 또 늦어질지 걱정되어 시 작한 운동치고는 엄청난 결과를 가져왔기에 나는 '운동 맹신자'가 되었다.

일단 체력은 슈퍼우먼

문제는 친정엄마의 전폭적인 지원 아래 매일 하던 운동을 복직 후에도 할 수 있을지였다.

'좀 악착같아져 보는 게 어떨까?'

복직과 동시에 아이들 등교와 등원은 친정엄마가 도맡아 주셨다. 그리 고 9~6시 출퇴근이 아닌 8~5시 출퇴근제로 바꿨다. 여기에 '일과 가정양 립지원 휴가'로 만 5세 이하 자녀가 있는 직원에게 주어지는 하루 2시간 휴가를 써서 8시 출근, 3시 퇴근을 선택했다. 점심시간 1시간을 운동시간 으로 썼다. 되도록 도시락을 싸서 들고 다니며 식단 관리도 병행했다. 가끔 동료들과 점심 약속이 잡히면 아침 6시에 나와 운동 후 바로 출근했다. 3시 퇴근과 동시에 셋째를 데리러 어린이집으로 가고, 뒤이어 쌍둥이들의 학원 라이드로 시간을 썼지만, 하루 1시간 이상의 운동은 그 이후 아이들과의 시간에도 좀 더 적극적일 수 있는 체력을 남겨주었다.

회사에 다녀와서 소금에 절인 배추처럼 널브러져 있던 지난날과는 확실히 달라졌다. 잘 먹고 잘 자는 삶, 아이 셋을 낳고 처음 해 보는 중이었다. 직장 동료들은 복직 후 달라진 내 삶의 태도에 적잖이 놀란 듯했지만, 사실은 어마어마한 운동 고수인 어텀이 응원해 주었고 늘 격려해 주었다. 최신 운동 트렌드, 운동복, 식당 등 별천지 세상의 이야기를 내 입으로 하는 게 너무 신기했다. 무엇보다 이렇게 변한 내가 참 좋았다.

모두 대단하다고 했지만 말 뿐이던 어떤 날, 윈터가 나와 같이 운동하겠다고 했다. 우리는 사무실 동료에서 헬스장 동지로 발전하였고, 아이 이야기 말고도 신나게 같이 떠들 주제 하나가 더 생겼다. 아이 셋에 치여 사는 삶에서 아이 셋도 키우는 삶으로 바뀌는 건 한순간이었다. 어느 날 윈터가 물었다. "대체 어떻게 그렇게 매일 운동을 가요?" 내가 대답하면서도 깜짝 놀란 명언! "그냥 헬스장 앞까지만 나를 데려다준다고 생각하고 나오세요. 헬스장 들어가는 순간부터는 미래의 내가 어떻게든 해내고 있을 테니…." 운동, 천만번 강조해도 과하지 않은! 인생에서 마지막 순간까지 가져가야 하는 것은 자식도, 남편도 아닌 운! 동!

Part 2

라떼소환일기,
우리도 한 때는...

왜 하필 PD가 되겠다고

by 윈터

엄마를 기억하며

엄마는 간암이었다. 평소에도 몸이 좋지 않으셨던 엄마는 직장에서 하는 건강검진을 받고 나서 큰 병원에 가 보라는 이야기를 들었다. 그러곤 암 진단을 받았다. 내가 막 19살이 되던 겨울이었다. 예민하고 민감하고 바쁜 나이. 곧 고등학교 3학년이지 않은가. 하지만 이러한 나의 상황과 기분은 엄마의 투병 앞에선 중요한 것이 아니었다. 엄마와의 시간이 고작 6개월밖에 남지 않은 탓이었다. 대학의 입시도, 나의 진로도 중요하지 않았다. 다른 친구들이 매일 학원에 가고 야간자율학습을 하고 밤을 새우며 공부할 때 나는 정규 수업이 끝나면 매일 엄마의 병실을 찾았다. 그저 엄마와 함께 이야기하고 텔레비전을 보고 밥을 먹었다. 그리곤 밤에 집에 와서 잠을 자고 다시 학교에 갔다. 매일 이 정도의 삶이라면 난 충분히 괜찮았다. 하지만 엄마는 6개월을 넘기지 못하고 하늘나라로 떠나셨다. 시리도록 차가운 고3의 여름날이었다.

엄마는 간간이 내가 사회복지사가 되었으면 좋겠다고 말씀하셨다. 그 무렵 여자가 갖기에는 가장 무난한 직업이라고 생각하셨던 모양이다. 엄마 자신은 대학에 가지 못했다. 공부도 꽤 잘하셨고 교사가 되기를 원했지만, 외할아버지가 반대하셨다고 들었다. 그때는 그랬다. 여자가 공부하는 것이 그리 달갑지 않은 시대였다. 그 이야기는 언제 들어도 슬펐다. 그래서였을까? 엄마는 내가 꼭 대학교에 가고 사회의 일원이 되기를 희망하셨다. 난 엄마의 뜻에 따라 사회복지 분야로 진로를 정했다. 그리고 대학에 갔다.

입학 면접 때 한 교수가 나에게 '삶에서 가장 즐거웠던 순간과 슬펐던 순간'에 대한 질문을 했었다. 나는 가장 즐거웠던 순간은 내가 태어났을 때, 가장 슬펐던 순간은 엄마가 돌아가셨을 때라고 대답했었다. 갓 20살의 나이에 인생의 가장 기쁘고 슬픈 순간이 삶과 죽음이라니. 지금 생각해도 그 시절의 내가 퍽 안쓰럽다.

PD를 꿈꿔도 될까?

내가 방송일을 결심한 것은 대학 입학 후였다. 우연히 참여했던 사회복지 관련 행사에서 6mm 카메라를 들고 현장을 누비던 선배의 모습이 매우 인상 깊었다. 그 시절 유튜브는 없었지만 영상 매체의 힘은 참으로 대단했다. 선배는 우리 사회의 사각지대를 영상으로 기록하는 것이 본인의 중요한 사명이라고 말했었다. 나는 더 나아가 상상했다. 방송국의 PD가 되어 어둡고 불편하지만, 꼭 필요한 이야기를 하는 사람이 된다면 어떨까? '사회복지사가 되는 일, 그 이상의 가치를 만들 수 있지 않을까?'하고 말이다. 제작하겠다는 열망은 그렇게 쌓여갔다.

하지만 방송국의 입사는 녹록치 않았다. 공채는 가물에 콩 나듯 했다. 그나마 뽑는 인원도 한 손으로 셀 수 있을 정도의 숫자였다. 오죽하면 '언론 고시'라고들 했다. 상식과 논술, 작문 등이 주요 시험 과목이었지만 회사마다, 해마다 시험 과목과 형식이 달랐다. 폭넓은 공부를 할 수밖에 없었다. 인터넷 카페에서 뜻이 맞는 친구들을 모아 공부 모임을 만들고 그들과 일주일에 한 번이나 두 번은 만나 함께 글을 봐주고 상식을 나눴다.

아빠는 답 없는 공부를 한다고 쏘다니는 딸이 걱정스러웠지만 막을 수 없었다. 나는 졸업 후 일반 기업에 입사했으나 6개월이 안 되어서 퇴사했다. 나의 길이 아니라고 생각했기 때문이다. 방송국에 비정규직으로도 들어갔지만 2년 뒤에는 퇴사해야 했다. 정규직의 벽은 너무 높았고, 비정규직은 계약 기간이 종료되면 나가야 하는 사람이었다. 그러니 아빠로서는 "다른 일을 해 보렴."도, "일단 방송국에 들어가 보렴."도 통하지 않는다는 것을 알았으리라.

마침내, 드디어, 결국!

나는 어느 지름길도 없이 바늘구멍으로 돌진해야 했다. 지상파 방송사의 공채 PD 경쟁률이 400:1에 달한 적도 있었으니, 바늘구멍이 확실했다. 그러던 나에게 길이 열린 곳이 바로 여기, 썸머와 어텀을 만나게 된 곳이었다. 작은 방송사였지만 알차고 내실 있는 곳이었다. 난 40:1의 경쟁률을 뚫고 입사했다. 이 회사가 너무 감사했고 소중했다. 명함 속 내 이름 뒤에는 PD라는 직함이 붙었다. 그렇게나 그리던 꿈이 이뤄짐에 하늘에 감사했다. 분명 하늘에서 엄마도 함께 기뻐해 주고 계시리라.

결혼, 이미 해서 다행인지도

by 썸머

치기 어린 20대

나의 '봄'을 찾아 부랴부랴 퇴근하던 요즘과 달리, 내가 '봄'이었던 시절도 있었다. 푸르른 꿈과 화사한 시절은 꼭 시간이 지나야 깨닫게 된다. 젊은 시절은 누구에게나 있기에 마치 공평하게 주어진 시간 같지만 돌아보니 '젊음'만큼 세상의 불공평함에 노출되는 시기도 없다. 20대를 오롯이 청춘으로 가득 채우는 것은 누구에게나 주어질 수 없는 것이었다.

두려운 것이 없고, 주저할 것 없이 그 시간을 보냈다. 노력하면 이뤘고, 꿈꾸면 행할 수 있었다. 그것이 복이었다는 것을, 모든 20대가 다 그렇게 살지는 못했다는 것을 안 것은 내가 좀 여물고 난 다음의 일이었다. 다 여물기 전의 과일이 그렇듯, 나는 남들을 톡 쏘고 신맛을 뿜어내는데 거침없었다. 감사함보다는 당연함이었던 자만심 충만하던 20대, 그 끝자락에 결혼했다. 계획대로 되지 않은 건 없었다. 학교도, 회사도, 결혼도 내 계획표 안에서 딱 맞아떨어지듯 움직여 주었다. 간절한 공백도 없고, 서글픈 실패도 없는 인생.

나의 찬란한 봄을 위해 여름, 가을, 겨울을 묵묵히 견디고 있었던 부모님과 가족이 있었기에 가능한 순간들. 그리고 수많은 '운'과 '다행'이 촘촘히 엮여 이뤄진 일에 나는 감히 '능력'이란 표현을 썼다. 마치 내 능력으로 모두 이룬 듯, 그래서 실패한 사람은 노력하지 않고 꿈꾸지 않은 게으른 사람으로 분류하며, 자로 잰 듯 반듯한 30년도 채 안 되는 내 인생을 자랑스럽게 여겼다. 그리고 나와 비슷한 사람을 남편으로 만났다.

사실 그리 잘난 것도 없으면서 서로 잘난 척하기 급급한 남녀가 한집에서 가정을 이룬다는 것은 보통 어려운 일이 아니다. 같은 집 안에서 양보와 희생의 역할을 담당하던 각자의 부모님이 빠지자, 우리의 '능력'은 삐걱거리기 시작했다. 각자의 잘난 척은 힘없이 빛을 잃었다. 날카롭고 공허한 말들로 서로의 가슴에 생채기를 내는 일도 잦았다. 그런 와중에 젊은 부부에게 아이가 찾아왔다. 첫 임신이었다. 그것이 얼마나 감사한 우주의 기운인줄 모르고 난 내 젊음이 능력인 것처럼 포장했다. 임신과 출산이란 과제를 얼른 잘 해내고, 멋지게 살아가리라 떠들고 다녔다. 그리고 유산했다.

12주를 채우지 못한 시점이었는데, 그것은 인생의 계획에 없던 일이기에 나는 몹시 당황했다. 슬펐다는 표현보다 당황스러웠다는 표현이 앞선 것은 그때까지도 난 내가 최우선인 이기적인 사람이었기 때문이었다. 유산은 곧 내 인생의 첫 실패로 다가오며 다니던 회사에 사표를 냈다. 몸조리하고 학교에 돌아가겠다는 알량한 핑계를 댔지만, 사실 그때의 감정은 '창피함'이었다. 도저히 나의 임신과 유산을 모두 아는 사람들과 같은 회사에 다닐 수 없었다. 아무도 그 이야기를 꺼내는 사람이 없는데, 동료들을 볼 때마다 상처를 헤집는 기분이었다. 딱 1년. 박사 수료도, 결혼도, 임신도, 유산도 모두 함께한 그 회사와 작별했다. 2012년 봄이었다.

마음의 상처에 약 발라준다는 핑계로 여기저기 여행도 다니고, 가족들과 시간도 보내고, 친구들도 만났다. 마음의 상처가 치료되고 있는지는 모르겠으나 그 기간 통장은 메말라 가고 있었다. 결혼 전처럼 엄마에게 용돈이 떨어졌다고 말하기도 그렇고, 남편의 빤한 월급을 알면서 돈을 더 벌어오라고 할 수도 없는 상황. 실패를 인정하는 게 싫어 숨기 위해서도 돈이 필요하다는 걸 그때 알았다.

첫 만남은 너무 어려워

그리고 우리가 함께할, 미처 내 30대를 다 쏟아부으리라고 생각하지 못했던, 우리 회사의 채용공고가 떴다. 사실 처음 보는 유형의 공고였지만,

누구나 알 만한 방송사였고, 그 회사에서 처음 뽑는 방송정책연구원 자리였으며, 무엇보다 집에서 가깝다는 철없는 이유로 나는 지원했다. 일단 당장 통장은 좀 채울 수 있겠지. 작은 방송사인데, 일이 많으면 또 얼마나 많겠어? 여태껏 배운 공부를 써먹는 자리겠지. 되면 좋고, 안되면 다른 데 알아보면 되겠지. 기껏 두어 달 쉬었다고 나는 제법 여유로운 마음이었다. 그렇게 가볍게 응시한 자리였다. 심지어 면접 날은 다음 여행을 위한 면세점 쇼핑하느라 아슬아슬하게 도착했다.

얼떨결에 이곳과 연을 맺었다. 진중함과는 다소 거리가 멀고, 진심과는 더 먼 연이었다. 그리고 이렇게 오래 있을 거라곤 전혀 생각하지 못한 채 출근했다. 뻣뻣하기 짝이 없는 사람들과 어색한 인사를 했고, 퉁명스러운 표정과 마주했다. 몇 살인지, 학교는 어디 나왔는지, 결혼은 했는지, 아이는 있는지 등의 지극히 개인적인 질문이 수시로 날아왔다. "오래 안 있을 거죠?", "뭘 알고 들어온 거예요?" 등의 질문도 추가되었다. 직장생활의 경험이 많지 않아도 이것은 본능적으로 알 수 있었다. 적.대.감. 낙하산도 아니고, 채용에 어떤 불법적 요소가 있었던 것도 아닌데, 이건 좀 너무한 것 아닌가? 대충 알아보지도 않고 들어온 결과치곤 가혹하다는 생각이 들 때쯤, 지금은 기억나지도 않는 어떤 선배가 말했다. "그래도 결혼하고 들어온 건 잘했네. 여기 있었으면 결혼 못 할 뻔했어!" 얼마나 무시무시한 조직이길래? 매일 출근길이 혼란스러웠다. 누구에겐 인사를 하면 인사를 한다고, 또 누군가에게는 인사를 안 하면 인사를 안 한다고 욕을 먹는 정신 없는 와중에 업무는 기가 막힐 노릇이었다. 처음 뽑는 자리란 얘기에 걸맞게 업무 지침이나 인수인계 따윈 없으나 기대와 책임은 충만한 상황. 이래서 채용공고는 제대로, 신중히, 오랫동안 보고, 결정해야 하는 것이다.

방송정책연구원을 처음 채용했으니, 체계 잡힌 업무가 있을 리 만무했다. 그간 보고서란 이름으로 발간된 모든 서류가 앞으로 떨어졌다. 이 조직이 시 산하의 공무원 조직이 아닌 독립법인으로 변화하고 싶은 의지가 충만하다는 건 기존 자료를 보고 알 수 있었지만, 그래서 어떻게 하고 싶다는 건지는 저마다 의견이 달랐다. 정권이 바뀔 때마다 대표가 바뀌는 주인 없는 조직의 특성이 오롯이 묻어났다. 연구소에 있었다면 다양한 프로젝트에 여럿이 달라붙어 진행할 수 있었겠지만, 여긴 뭐, 원맨쇼로 해결해야 한다. 사실 우리가 아는 대형 지상파 방송사도 연구원을 수십 명 쓰고 있지 않다. 여기서 여러 명이 필요하다고 얘기하는 건 그야말로 '오버'다. 뭐가 없다고 이야기하기 시작하면 끝도 없을 테니, 그냥 해 보자. 선례도 없고, 선배도 없지만, 대신 잔소리할 사람도 없으니, 내가 가는 길이 정답인 것처럼 갈 수 있겠다고. 마음 치유의 목적으로 몇 달 쉬었더니 대책 없는 낙관주의자가 되어 버렸다. 그렇게 이 조직에 적응해 보기로 결심했다. 그 결정을 가장 반가워한 사람은 이제 막 부모로부터의 경제적 독립이 얼마나 어려운지 새삼 깨달은 젊은이, 남편이었다.

채용공고는 신중히…

첫 번째 보고서가 나갔다. 텔레비전본부에 관한 건이었다. 당시 텔레비전본부장의 전화를 받았다.

"이렇게 막무가내로 쓰면, 텔레비전본부 사람들 인생을 네가 책임질 거냐?"

텔레비전본부의 채널 경쟁력에 관한 보고서는 해당 부서 본부장의 심기를 건드렸다. 지역성에 관한 보고서를 준비 중이었는데, 엄청난 양의 내용 분석을 앞두고 라디오본부장이 불렀다.

"난 텔레비전본부장처럼 뭐라고 안 할 테니, 제대로 한번 연구해 봐."

이건 뭔가 더 부담스러운 상황이다.

그러니까 내가 쓰는 보고서는 겉으론 조직의 발전을 위해서 쓰지만, 물밑으론 조직을 위협하는 칼날이 될 수도 있다는 것을 알기엔 너무 어린, 그리고 너무나도 정치 감각이 부재한 연구원이었다.

두 번째 지역성 관련 보고서를 쓰자 "카이와 티가 뭐예요?"란 질문이 들어왔다. 당시 기초적인 통계를 돌려 완성한 보고서 내의 카이스퀘어와 티테스트, 유의미성을 증명하기 위해서 가지고 왔던 그 개념이 일반 직원들에겐 생소했고 또 거추장스러웠다.

"뭐 대충 증명하는 데 필요한 것이라고 치고, 그래서 이걸 꼭 보고서에 써야 하는 거예요?"

그들은 늘 바빴기에 '그래서 뭐 어쩌라고?'에 답할 수 있는 보고서가 필요했다. 결론에 이르기까지의 길은 생략해도 그뿐이었다. 그러니 구구절절 논리적 인과를 줄줄 읊어대는 보고서는 짜증스러울 수밖에! 그동안 학술적 틀 안에서 이론, 논리, 유의미성에 대한 철저한 검토 등을 끊임없이 훈련받던 나는 정체성 혼란을 마주했다. 여기는 학교가 아니다. 연구소도 아니다.

이렇게 학계와 업계의 중간 다리에 있는 연구원은 유통업자에 가깝다는 사실을 체득하기까지 시행착오를 수없이 했다. 직장인의 시행착오는 곧 스트레스다. 적응 기간 내내 스트레스였다. 주중에도 주말에도 마음이 바빴다. 유산으로 생긴 상처는 기억에서 멀어져 갔지만, 마음이 내내 편치 않은 시기였다. 직장 내에 마음 둘 곳 없다는 사실도 한몫했다. 입사했을 때 결혼하고 오길 잘했다는 말을 왠지 알 것 같은 시기였다. 스트레스로 가득 찬 한 주를 보내면 주말엔 정말 꼼짝도 하기 싫었다. 남편도 바쁘고, 나도 바쁜 월화수목금, 그리고 피로에 찌들어 말이 없는 토일. 유산의 기억이 사라져 버렸을 때쯤엔 계획형 인간인 내게 임신과 출산에 대한 계획도 멀어져 가고 있었다.

그러니까 채용공고는 신중히 봐야 하는 것이다.

결혼, 첫 방송만큼의 설렘

by 어텀

라디오에 담은 사랑의 고백

휴대폰 진동이 울린다. 방송 시작 10분 전이다. 바쁘게 일하다가도 급히 마무리하고 생방송 준비를 위해 스튜디오에 가야 한다. 소리로만 온전히 방송하기에 사람들은 1초만 예정보다 늦어도 이상함을 감지한다. 라디오 제작 PD로서의 일상이다. 대다수에겐 1초가 짧은 시간이지만 라디오 피디들에겐 무슨 일이 일어나도 이상하지 않을 그런 시간이기에 늘 긴장하며 살아간다. 그리고 이런 긴장 속에서도, 나는 그녀에게 특별한 청혼을 준비했다.

나와 만난 이후로 라디오를 종종 듣게 되었다는 그녀를 위해, 며칠 밤을 고민하며 특별한 사연을 준비했다. 〈러브 액츄얼리〉 OST를 배경음악으로 깔고, 떨리는 마음으로 녹음실에 들어섰다. 수없이 접했던 청취자들의 사연을 읽던 그 마이크 앞에서, 이번에는 프로듀서가 아닌 진행자로 직접 이야기를 전하기 시작했다. 늘 다른 이들의 목소리를 대변하던 내가, 그녀만을 향한 나의 마음을 전하는 특별한 순간이었다.

"사랑, 사랑에 있어서 중요한 건 얼마나 서로에게 적절한 시기에 등장하는가인데요. 서로에게 기막힌 타이밍에 자연스레 등장해 주는 것, 그래서 서로의 누군가가 되어 주는 것, 그것이 운명이자 인연이고 그 사람이 당신의 남편, 아내가 되는 것 아닐까요?"

데이트를 마치고 그녀를 집에 바래다주는 길에 여느 때처럼 라디오를 켜는 듯하며 녹음한 CD를 틀었다. 익숙한 광고가 들리고 시그널 음악과 함께, 갑자기 들려온 내 목소리에 그녀는 놀란 듯 라디오의 볼륨을 높였다. 또박또박 읽어 내려간 사연이 끝나갈 무렵, 당차고 씩씩하던 그녀의 얼굴엔 기대와 설렘, 사랑이 가득 차 보였다.

편성된 새로운 삶의 시간표

우리의 결혼 준비와 함께 회사에서도 새로운 일상이 진행되었다. 마치 알고 있었던 것처럼 부장은 편성팀으로 업무 전환을 제안했다. 제작은 방송에서 생생한 현장의 이야기를 만들어 내는 자리이기에 내가 꿈꾸던 자리였다. 하지만 동시에 규칙적인 생활이 어려운 자리이기도 했다. 반면 편성 PD는 상대적으로 정해진 시간에 일할 수 있기에 고민 끝에 나는 제안을 수락했다. 곧 인사발령이 났다.

그렇게 시작된 새로운 일상은 낯설면서도 달콤했다. 정해진 시간에 출·퇴근하며 결혼 준비를 할 수 있게 되었다. 그녀와 함께 웨딩드레스를 고르고, 퇴근 후에는 가구점을 돌아다니곤 했다. 때로는 생동감 넘치는 스튜디오가 그리웠지만, 그 대신 사랑하는 사람과 미래를 그려나갈 수 있는 시간이 주어졌다. 매일 정시에 출퇴근하는 일상이 어색하면서도, 그 속에서 새로운 행복을 발견해 나갔다.

결혼식 당일, 새벽부터 메이크업을 하기 위해 차를 타고 강남으로 향했다. 익숙하게 라디오를 켰다. 때로는 떠오르는 아침 해를 맞이하며, 때로는 밤하늘의 별을 맞이하며 방송을 준비했던 기억이 스쳐 지나갔다. 청혼했던 그날의 떨리는 마음도 함께 떠올랐다. 조만간 다른 곳에서 새로운 아침을 맞이하게 된다는 설렘에 가슴이 벅차기도 했다.

예식을 위해 교회로 향하는 차 안에서, 라디오에서 익숙한 진행자의 목소리가 귀에 들어왔다. 내가 만들었던 그 시간대의 방송이다. 나의 빈자리에도 불구하고 매끄럽게 진행되는 방송을 들으니 묘한 안도감이 밀려왔다. 결혼 당일에도 방송을 걱정하던 내게 사회자의 매끄러운 진행은 평안함을 되찾아 주었다.

제작 PD에서 편성 PD로, 그리고 이제는 누군가의 반려자로…. 삶이란 내가 예상치 못했던 방향으로 흘러갈 수도 있지만 그 흐름 속에서 우리는 또 다른 나의 모습을 찾아가는 것이 아닐까? 예전에도 그랬고, 지금도 그렇듯이 어쩌면 이것이 내가 만들어갈 새로운 프로그램의 시작일지도 모른다.

결혼, 할 수는 있지

by 윈터

결혼하고 신혼여행은 나중에?

2016년 12월 겨울이었다. 나라가 들썩들썩했던 해. 헌정사상 처음으로 대통령 탄핵소추안이 발의되었던 해였다. 주말이면 광화문 거리에 촛불집회가 펼쳐졌다. 모든 방송사가 이를 생중계하기 위해 많은 인력을 투입했다. 우리도 예외는 아니었다. 그때 나는 교육 프로그램을 제작하고 있었다. 주중에는 담당 프로그램에 열중해야 했고 주말이면 광화문으로 향해 중계차를 타야 했다.

담당하던 교육 프로그램은 대학 입시 컨설팅을 해 주는 프로그램으로 역시나 이때가 가장 바쁜 시기였다. 물론 입시는 연중 바쁘게 돌아가지만 정점은 단연 수능과 수능 이후 입시전략을 짤 때다. 11월 중순 수능이 끝나고 바로 수능 특집을 준비해야 했고, 12월 말에는 10시간 생방송 특집 프로그램을 앞두고 있었다. 그러면서 주말에는 집회 생방송을 이어 갔으니 하루 24시간이 모자라다는 소리가 절로 나왔다. '이렇게 바빠도 될까?' 싶을 정도로 바쁜 시절에 나는 결혼까지 해야 했다.

"윈터, 결혼하고 신혼여행은 나중에 가면 안 되니?"

당시 팀장이 나에게 진지하게 물었다. 억울했다. 이 바쁜 시기에 갑자기 결혼하겠다고 욱여넣은 일정이 아니었다. 잎이 파릇파릇 솟아나고 평온하던 그해 봄, 나는 10여 년을 만난 남자친구와 결혼을 약속했다. 그때도 늦었다. 30대 중반이니 세상의 잣대로는 이미 적기를 넘어가고 있던 터였다. 올해가 지나기 전에 결혼하자고 이미 정해 둔 날짜였다. 심지어 그때는 교육 프로그램 담당 PD도 아니었다. 나라의 난리도, 언제 맡을지 모르는 프로그램의 바쁜 일정도 예상하지 못한 채 하얀 눈이 내리는 날의 겨울 신부를 생각하며 잡은 일정은 굴러 들어온 회사 일정에 휘청거렸다. 하지만 어쩌랴. 나는 '방송쟁이' 아닌가!

방송계의 전설적인 드라마가 있다. 2008년 KBS에서 방영한 현빈과 송혜교 주연의 〈그들이 사는 세상〉이다. 그 이후에도 방송국 사람들의 이야기가 드라마에 심심찮게 등장했지만, 내 기준에는 그 드라마가 단연 1등이

다. 이 드라마를 보며 PD의 꿈을 키운 젊은이들도 꽤 있으리라.

물론 드라마는 드라마일 뿐이다. 현실에는 현빈도 송혜교도 없다. 하지만 방송계 종사자들의 삶은 드라마와 그렇게 퍽 다르지 않았다. 개인적인 삶의 패턴보다는 방송 일정에 따라 움직이는 라이프 스타일 말이다. 영상에 스크래치가 나는 바람에 본방송 직전에 급하게 다시 촬영과 편집을 하던 감독, 테이프를 들고 뛰던 조연출, 생리 기간에 생리대도 제대로 갈지 못하고 촬영 현장에서 일을 하던 조연출. 방송이 뭐라고 방송에 목숨을 걸던 드라마 속 그들의 모습은 현실이었다. 그들에겐 방송이 가장 먼저다. 그래서일까 팀장의 "신혼여행은 나중에 가면 좋겠다."라는 황당한 말을 절대 이해하고 싶지 않지만, 누구보다 이해할 수 있었다.

양보가 없는 일, '육아'

방송일을 하면서 연애도, 결혼도 할 수 있다. 다만 앞서 이야기한 것처럼 우리의 삶보다는 방송이 우선인 삶을 얼마나 이해해 주는 사람을 만나는가가 중요하다. 내가 밤을 새우며 편집한다고 한들, 내일 만나기로 약속했다가 갑자기 잡힌 방송 일정에 펑크를 낸다고 한들 모두 이해해 줄 수 있는 사람을 만난다면 연애도 결혼도 할 수 있다.

다만 육아는 다른 이야기다. 아이의 모든 일에는 양보가 없다. 방송 일정에 맞춰 아이가 아프지 않다. 엄마가 방송이 있다고 스스로 밥을 먹고, 씻고, 잠을 자지 않는다. 학교도 방송 시간을 배려해 등하교 시간을 조정하거나 방학과 개학 일정을 맞춰 주지 않는다. 아이 셋의 엄마인 방송 PD 는 이제는 방송보다는 아이가 가장 우선인 삶을 살아가게 되는 것이 당연하다.

유산, 자궁외임신 사산 그리고 쌍둥이임신

by 썸머

미완의 숙제 : 임신과 출산

지금은 이전했지만, 회사와 연을 맺었을 때는 남산에 자리 잡고 있었다.

"여기가 터가 좀 그렇대. 그래서 임신하기 어렵다고들 그래."

뭔가 어울리지 않는 미신적 요소가 다분했지만, 많은 이들이 그 얘기를 했다. 불규칙한 생활 습관과 밥 먹듯이 하는 야근 등이 종합적으로 작용한 결과가 아닐까? 그건 다른 방송사 상황도 비슷할 것이다. 하지만 피식 웃고 넘기기엔 생각이 많아졌다. 제작부서는 아니지만 업무 스트레스는 만만치 않았고, 퇴근 후에도 퇴근이 아닌 것 같은 업무가 계속되었다. 제작에서 정신없는 그들도 그들이지만 나는 6시에 땡 하고 퇴근했는데 왜 다시 컴퓨터 앞에 앉아 있나? 심지어 회사에 있는 동안에도 하루 종일 컴퓨터 앞이다. 앉아만 있는 것도 건강에 안 좋다고 하는데, 내가 딱 그렇다. 점심시간 외엔 의자에서 일어설 일도 없으니. 나도 그 미신에서 벗어날 수 없는 게 아닐지 슬며시 걱정이 밀려왔다. 그 당시 나에겐 임신과 출산은 언젠가 해야 하는 숙제 같은 것이었다. 지금까지 미완인 과제. 게다가 한 번 실패를 해 본 과제.

남편과 결혼하며 아이 없는 딩크족의 삶은 고려해 본 적이 없기에 아이 문제는 항상 멈칫하게 되는 이슈였다. 남산이 푸르른 녹음을 거쳐 화려한 단풍을 자랑하다가 앙상한 가지를 내밀며 한 해를 마무리하고 다시 피어오른 벚꽃을 맞이하는 동안에도 나의 임신과 출산 과제는 시작되지 못했다.

입사했을 때 앞자리에 앉아 있던 라디오 PD 선배는 아이를 갖겠다고 회사를 관뒀다. 아쉬운 것 없는 인생 같아 보였지만, 아이 문제에 과감히 사표를 쓰는 모습을 보면서 생각에 잠겼다. 회사와 아이라는 두 가지 옵션 중 하나만 선택하는 상황이 온다면? 가정해 본 적 없는 상황이지만 나는 무엇을 택할 수 있을까? 친정엄마는 나의 유산 이후로 시댁 앞에서 전전긍긍했다. 시부모님이 그러지 마시라고, 누구의 잘못도 아닌 일이라고 해도 엄마는 갑자기 약해졌다. 그 불안함은 곧 나에게로 전염되었다. 종종 '숙제 안 해 간 초등학생이 이런 기분일까?' 싶은 생각이 들었다. 학창 시절 내내 비교적 모범생의 길을 걸었던 난 숙제를 안 해간다는 건 상상조차 할 수 없었다. 잘하든 못하든 숙제는 해 가는 것이 기본이었다. 뒤늦게나마 숙제를 안 하고 등교하는 기분이 어떤 건지 느껴 보라고 이러시는 걸까?

숙제의 결과 1 : 자궁외임신

입사 후 1년, 그래도 이 회사에 안착한 것 같은 기분이 들었을 때 두 번째 임신을 확인했다. 한 번의 유산을 경험했기에 나는 임신을 확인할 수 있는 시기부터 임신 테스트기에 집착했다. 이상하게 임신 확인 선이 진해지지 않았다. 맘카페에 올라오는 테스트기와 번갈아 가며 확인할 때마다 불안은 증폭되었다. 때마침 같은 사무실의 기자 선배가 아내의 임신을 확인했다는 소식을 전했다. 축하한다고 말했는지조차 기억이 나지 않는다. 그날 점심때 근처의 산부인과에 다녀왔고, 임신 수치는 분명하니 1~2주 지나서 아기집 확인할 수 있을 것 같다는 말만 들었다. 하지만 아기집은 2주 뒤에도 보이지 않았다. 이틀 걸러 진행하는 피검사를 통해서 호르몬이 비정상적으로 뛰고 있다는 사실을 발견했다. 자궁외임신이었다.

반드시 종결되어야 하는 임신, 아직 출산 전이라는 이유로 주사 치료를 하자고 했고 설명에 따르면 약한 항암제 같은 주사라고 했다. 며칠 지나지 않아 엄청난 양의 피를 쏟아 내며 나는 두 번째 임신의 끝을 보았다. 이번 과제도 실패한 것이다.

숙제의 결과 2 : 사산

회사 생활과 임신 지속에는 그 어떤 상관관계도 없다. 그것은 수많은 산부인과 전문의가 해 준 말이기도 하다. 유산과 자궁외임신 같은 일은 생각보다 흔하다. 하지만 그게 나의 일이 되고, 또 연달아 벌어지면 그때부터는 세상 모든 일이 다 주요 변수같이 느껴진다.

그해 봄의 끝자락, 나는 통계적으로 다음 임신이 이런 식으로 종료될 가능성에 대해 따져 보았다. 이 정도면 충분히 괴로웠다고, 그러니 이제 정말로 다음엔 잘될 거라고, 흔들리는 정신을 붙잡으며 나를 다독였다. 하지만 세상은 그렇지 않다. 바닥이라고 생각하면 꼭 지하가 나타난다.

자궁외임신 치료가 종료되고 이제 임신해도 괜찮다는 이야기를 듣자마자 아이가 생겼다. 세 번째 임신이었다. 그해 가을은 내내 토했던 것만 기억이 난다. 임신 12주 차에 담당 의사는 피검사 결과를 보고 "입덧이 심한가 보죠?"라고 물었다. 그리고 그 주에 나는 아픈 배를 부여잡고 회사에서 쓰러졌다. '난소염전'이었다. 난소가 꼬였다니. 그리고 임신 중에도 수술을 할 수 있다니. 새롭고, 불안하고, 두려운 경험이었다. 그렇게 지켜 낸 아이였다. 동료들과 인사하며 출산휴가에 육아휴직을 붙여 쓸 테니 1년 뒤에 보자며 헤어졌다. 휴가 직후에도 회사에선 종종 연락이 왔다.

나른한 봄날 저녁, 아이가 언제 나와도 문제가 없다는 37주를 넘어 꽉

채운 39주에 태동이 잦아들었다. 설핏설핏 불안한 예감이 스쳤지만 '통계적으로 그런 일은 불가능해. 연속 세 번은 아니잖아?'라며 고개를 저었다. 남편이 불안해하지 말고 병원에 가 보자고 했고, 그날 밤 나는 심장이 멎은 아이를 초음파로 마주했다. 때마침 담당 의사는 러시아 출장을 가 있다고 했다. 남편이 수술을 요청했지만, 병원은 원칙적으로 다음 출산을 위해 자연분만을 해야 한다고 했다. 평생을 모범적으로 살았던 나는 그 순간에도 병원의 지시에 충실했다. 그렇게 숨 쉬지 않는 아이를 낳았다.

숙제의 결과 3 : 쌍둥이 임신

출산 소식을 기다리는 회사에 뭐라고 이야기해야 할지 몰랐다. 당시 귀인이라던 나의 상사는 "알았어. 몸조리하고 도울 일 있으면 언제든 연락해."라고 했다. 다시 돌아갈 수 있는 곳일까? 배불렀던 나를 기억하는 사람들 틈으로 다시 들어갈 수 있을까? 그 기억이 있는 사람들과 일할 수 있을까? 혹여나 내가 회사 생활하면서 뭔가 아이에게 안 좋은 행동을 한 것은 아닐까? 아, 터가 안 좋다고 했는데, 그래서 내가 이렇게 됐나? 심신이 미약해지면 별별 생각을 다 하게 된다. 돌아갈 수 없을 것 같았다. 3개월의 사산 휴가는 사산의 충격을 털어 내기엔 턱없이 짧은 기간이었다. 상사랑 회사 근처 어느 카페에 앉아 나는 펑펑 울었다.

도저히 그럴 수 없다고 생각했는데, 3개월 뒤 나는 회사에 복귀했다. 순전히 직장 상사 덕분이었다. 나의 사산 소식에 동료들이 하나둘씩 연락이 왔다. 저마다 할 수 있는 최고의 위로를 했지만 가장 큰 위로는 모르는 척 이었다. 내가 사산 휴가로 자리를 비운 동안, 직장 상사가 비 오는 날 회사 근처의 검은 고양이를 입양했다고 들었다. '내가 이 작은 생명을 구하면 우리 사무실 누군가에게도 새로운 생명이 다시 찾아오겠지' 하고. 나는 오열했다. 알게 모르게 나는 조직의 배려를 받고 있었다. 그들이 온 마음을 다해서 돕고 있었다.

그렇게 일 년 뒤, 나는 쌍둥이를 임신했다. 네 번째 임신이었다. 내내 거친 커뮤니케이션을 구사했던 두 번째 상사는 임산부에게 필요한 모든 걸 구해오는 사람 같았다. 터프한 업무 수행 방식이었지만 여직원의 임신과 출산 문제만큼은 그 누구보다 관대했다. 입덧으로 아무것도 못 먹다가 명동의 떡볶이를 갑자기 먹고 싶던 그날, 그는 근무 시간 중간에 나를 내보냈다. 먹고 오라고. 병원 정기 검진일은 나보다 더 긴장해서 괜찮은지 귀를 쫑긋 세우고 있었다. 반쯤은 친정아버지 같은 역할을 하고 있던 그에게 왠지 민폐를 끼치는 것 같아 미안했다. 내가 모두에게 걱정을 끼치고 있구나. 그런데 이게 내가 아는 회사가 운영되는 방식인 건가? 원래 직장 내 여직원의 임신에 온 마음을 다해 응원하는 건가?

쌍둥이는 모두의 응원을 받으며 태어났다. 한꺼번에 '봄'을 둘이나 맞이한 것은 경사였다. 나의 젊음을 오롯이 옮겨 정성을 다해 키우고 지켜 내야 하는 더 중요한 과제가 다가오는 줄 모르고 난 숙제를 끝냈다며 마냥 기뻐했다. 그리고 회사에 무사히 출산했다는 소식을 전했을 때, 수화기 너머 들리는 안도의 한숨을 기억한다. 긴 수식어가 필요 없는, 그것은 '진심'이었다.

숙제의 의의 : 임신과 출산에 필요한 시스템 이해하기

종종 그때를 생각하면 내가 아이 셋의 엄마라는 사실이 더 놀라운 일로 다가온다. 30대를 오롯이 회사를 위해 바친 것 같지만, 회사도 내 30대가 무사하기를, 특히 나의 임신과 출산이 안전히 이뤄질 수 있게 온 체계를 바친 것 같다. 막내를 낳고 복직하자마자 나를 알차게 부려 먹는 회사에 두말없이 최선을 다한 것은 이런 켜켜이 쌓인 감사함 때문이었다.

대한민국에 있는 모든 회사의 임신한 여직원이 전부 나 같은 상황을 마주하진 않을 것이다. 요즘엔 더 좋은 시스템으로 훨씬 편하게 임신과 회사 생활을 병행할 수 있을지도 모르지만, 분명 법과 시스템의 사각지대에서 불안한 임신의 시기를 겪고 있는 자도 있을 것이다. 법과 시스템은 현실보다 항상 한발 늦다. 그런 빈틈을 채우는 건 사람들의 힘이다. 공감과 배려. 공익광고 같은 그 이야기가 제일 현실적인 방법이다. 물론 공감과 배려가 시스템의 빈틈을 채운다는 것이지, 시스템의 부재까지 해결한다는 것은 아니다.

사회적 여유를 상실한 순간을 마주할 때마다 나는 임신 중 기억을 떠올린다. 버스나 지하철에서 대부분은 나에게 자리를 양보했다. 뒤늦게 임산부라는 것을 알고 미안해하던 사람도 있었다. 식당에서는 어김없이 반찬 서비스가 나왔으며, 메뉴에 없지만 먹고 싶은 걸 이야기해 보라는 식당 주인도 있었다. 회사에서도 마찬가지였다. 점심 때 널브러진 나를 위해 슬며시 클래식 음악을 약하게 켜 놓고 나가던 선배도 있었다. 임산부 전용 의자를 챙겨오던 동료도 있었고, 냄새에 민감한 나를 위해 사무실 냉장고를 싹 비워 낸 상사도 있었다. 그런 일들이 모여 나의 안전이 만들어졌다는 것을 안다. 그리고 이젠 내가 그런 여유와 배려, 공감을 제공할 차례라는 것도.

수많은 일들이 벌어짐에도 사람들이, 시스템이 나를 제자리로 불러주었다. 사회적 동물인 인간에게 제자리가 있다는 것만큼 안정감을 주는 일도 없다. 아, 생각해 보니 인사 평가는 출산휴가 전후로 좋게 받은 적이 없는 것 같다. 안정감은 주지만 안심할 수는 없게 만드네. 이렇게 고마운 회사는 가끔 망할 놈의 회사로 돌변한다.

제작보다 짜릿한 편성

by 윈터

전 제작 PD가 아니라 편성 PD예요!

"우리가 지금 만나서 다행이에요."

썸머가 어텀과 나에게 종종 하던 말이다. 서로 잘났다고 2박 3일을 떠들었을 우리가 아이를 낳고 조금 둥글둥글해진 뒤 만나서 다행이라는 말이다. 맞는 말이다. 나는 모서리가 날카로운 사람이었다. 조연출의 작은 잘못에도 불같이 화를 내던 사람이었다. 생방송을 주로 하던 나는 매사에 예민했다. 하지만 아이를 낳고 모난 부분이 많이 깎였다. 아이는 화를 낸다고 내 뜻대로 되지 않는 존재들이니 말이다. 또한 아이를 통해 내가 모르던 세계의 사람들을 만나면서 이해의 폭이 넓어졌다.

일에 파묻혀 방송 바닥에서만 굴러오던 나에게는 한 다리 건너 안다고 해 봐야 출연자였다. 학창 시절의 친구 정도가 다른 분야의 업을 가진 사람일 뿐. 그러나 아이를 통해 만난 세계는 너무나 넓었다. 유치원, 학교 선생님부터 태권도, 피아노 학원, 발달센터의 치료사들까지 선생님들만 해도 전공 분야가 무궁무진했다. 아이들 친구의 엄마도 그러했다. 디자이너로 해외 유명 대학을 졸업한 엄마부터 식당을 운영하는 엄마, 금융업에 종사하는 엄마, 대기업 임원의 비서였던 엄마까지 낯선 분야가 많았다.

하지만 그들에게 가장 신기한 사람은 '나'다. PD라고 하면 다들 신기한 표정으로 나를 쳐다봤다. 그들의 첫 질문은 거의 같다.

"어떤 프로그램 만들어요?"

나는 편성 PD다. 한때 제작을 하긴 했다. 스포츠와 다큐멘터리부터 시사와 교육 프로그램까지 많은 프로그램을 제작했었다. 그러나 지금은 편성을 한다.

"저는 편성해요."라고 대답하면 질문을 던진 사람들의 표정은 더욱 신기하게 변한다.

"편성은 뭐 하는 거예요?"

더 넓은 세상을 만나는 편성 PD

이 세계의 꽃은 확실히 제작 PD다. 드라마든 예능이든 시사 혹은 다큐멘터리이든 장르에 상관없다. 현장에서 수많은 스태프와 소통하고 통솔

하는 제작 PD는 오케스트라를 지휘하는 지휘자와 비슷하다. 내가 생각하는 영상 연출의 방향을 공유하면 모든 사람이 일사불란하게 그 방향을 향해 나아간다. 이러한 현장감은 굉장히 짜릿한 느낌을 준다. 공연이나 강연처럼 사람들이 많이 모이는 제작물을 만들 때면 그 감동은 배가 된다.

편집할 때도 그러하다. 여러 방향에서 찍은 카메라 영상들의 싱크를 맞춰 놓고 컷을 하다 보면 내가 보지 못했던 모습들이 보인다. 그 영상들을 보고 있으면 전지전능해진 묘한 기분이 든다. 그리고 내가 정한 시선과 내가 정한 자막으로 사람들이 피사체 혹은 현장을 보게 되는 편집 작업을 하면 그 희열은 배가 된다. 이러니 제작, 제작하는 거다. 쉽게 포기하기 어렵다.

편성은 제작과 다른 매력이 있다. 제작이 미처 보지 못한 큰 그림을 보는 일이다. 나만의 작품에 갇혀서 보지 못했던 세상과의 조화를 이루는 일이 편성이다. 단순히 편성표를 짜고 프로그램을 배치하는 일에 그치는 것이 아니다. 프로그램들의 유기적 연결과 확장에 대한 고민, 유통과 플랫폼에 대한 고민도 함께한다. 시청자와 어떻게 하면 더욱 잘 만날 수 있는지를 끊임없이 생각한다.

아이를 낳고 더 넓은 세상을 만나고 이해의 폭이 넓어진 나는 제작보다는 이러한 편성의 일이 더 잘 맞았다. 물론 육아의 절대적 시간이 필요하긴 했다. 육아는 양보가 없다. 프로그램 스케줄에 맞춰서 밤을 새우거나 촬영해야 하는 일은 무리다. 아이들은 그러한 나를 이해해 주지 못하는 작고 여린 존재다. 그러나 후자의 이유보다는 전자의 이유로 편성 일이 신나고 재미있었다. 오케스트라를 지휘하던 지휘자에서 무대 기획과 관객석까지 전체를 기획하는 무대연출가가 된 듯한 기분이었다. 더 짜릿하고 희열이 넘치지 않는가!

"윈터도 제작해야 하는데 말이야. 애들이 좀 커야지?" 회사 선배들이 종종 나에게 이런 말을 했었다. 그러면 난 이렇게 대답한다. "아니에요. 저는 편성이 좋아요." 제작하며 그 매력이 더 크다고 생각하는 선배로서는 나의 대답이 겸손이고 자기 위로라고 생각할 수 있을 것이다. 그러나 진심이다. 난 누구보다 편성 PD 일을 사랑한다.

이곳은 방송사, 사람이 전부인 곳

by 썸머

귀인을 만나다

내가 마음먹고 '후'하고 입김이라도 세게 불면 휙 날아갈 것 같은 연약한 남자 어른, 내가 있는 방송기획실의 실장이라고 했다. 세상을 꿰뚫어 보는 것 같기도 하고, 무관심한 것 같기도 한 눈빛, 그리고 이 조직의 특성인 듯 무언가 성의 없는 목소리. 내가 여기에 있어서 싫은 건지 좋은 건지 알 수 없는 표정.

"회사 사람들이 별로 호의적이진 않지?"

처음 뽑는 자리에 대한 기대감, 직급에 비해 나이가 어린 사람이 와서 당혹스러움 등이 섞인 반응이라고, 이 또한 지나가는 시간이니 어려우면

도와주겠다고 했다. 과연 나를 도와줄 만한 사람일까 의심스러웠지만 처음 듣는 '도와주겠다'였다.

알고 보니 그는 귀인이었다. 인생에 있어서 쓸 수 있는 직장 상사 복을 한 번에 다 몰아놓은 사람이라고도 했다. 우리나라 최고 대학의 최고 학부를 나온 사람이었다. 물론 그는 자기 입으로 절대 이야기하지 않았다. 독서를 무척이나 좋아했지만, 다른 이의 무지를 나무라지 않았다. 티 안 나게 친절하고 티 안 나게 다정했다. 라디오 PD 출신이던 그는 내가 이 조직에 부드럽게 착륙할 수 있도록 도움을 아끼지 않았다. 물론 나 모르게. 우리 방송사는 특이하게도 라디오 출신이 조직의 헤게모니를 장악하고 있어서 라디오본부의 존경을 한 몸에 받는 그가 나의 직속 상사라는 것은 상당한 무기라는 걸 뒤늦게 깨달았다. 나는 그의 보호 아래서 무럭무럭 자라났다. 보호 속에서 자라나도 스트레스는 심하기에 종종 그에게 투박하고 촌스러운 이곳의 조직 문화를 날 선 말로 비판하곤 했는데, 그는 빙긋이 웃으면서 들어주었다. 그는 내가 일반적인 PD나 기자, 엔지니어, 아나운서와 달리 소속 부서 없이 이방인처럼 이곳을 떠돌까 걱정했다. 회사 사람들과 식사 자리를 마련해 주고, 그들에게 나의 적응을 도와 달라고 부탁했다.

귀인 같았던 첫 상사는 진작에 회사를 떠났다. 무한한 영광만 가득한 채, 모두의 아쉬움을 안고. 나는 가끔 그에게 전화를 건다. 회사 일이 막히거나 사람 문제로 곤란할 때나 개인사가 있을 때나 답답할 때나…. 생각해 보니 아무 때나 전화를 건다. 가끔은 전화기를 든 채 울기도 한다. 도와주 겠다던 처음 이야기를 그는 회사를 나가서도 지키고 있다.

그가 떠나고 나타난 두 번째 상사는 이 회사의 상징과도 같은 사람이었 다. 1기 라디오 PD, 모두의 선배. 그 어마어마한 호칭이 가리키듯 그는 무 소불위의 권력을 가졌고, 또 거칠었다. 많은 이들이 그에게 순종했고, 그 순종을 바탕으로 조직은 조용히 굴러갔다. 나는 그와 잘 맞지 않는다고 생 각했다. 수십 번, 아니 수백 번 깨지고 혼나는 날들이 이어졌다. 왜 이렇게 나를 못 괴롭혀서 안달인 건가. 빨간펜을 들고 내가 쓴 보고서를 난도질 할 때면 정말 회사를 떠나고 싶었다. 그런데 그의 하드트레이닝은 생각지 도 못한 곳에서 빛을 발했다. 사람들이 종종 나에게 엄청난 속도로 일한다 고 얘기할 때면 그가 떠오른다. 사람들이 회사 구석구석 어떻게 그런 사람 이 있는지 아냐고 물을 때면 그가 떠오른다. 빠르고 정확히, 분명하게. 그 가 내게 매번 느리다고, 정확하지 않고 분명하지 않은 문장이라며 잔소리 를 한 까닭에 나는 빠르고, 정확하고, 분명한 커뮤니케이션을 할 수 있었 다. 그가 내게 준 선물이다.

그는 늘 비빌 언덕 없는 내가 살아남는 방법은 실력, 그뿐이라고 했다. 매섭기만 하던 그가 회사 사정이 어려워지자, 후배에게 피해를 주기 전에 먼저 나가는 게 맞다며 1호 희망퇴직자가 되었을 때, 나는 알 수 없는 눈물 을 흘리기도 했다.

아는 만큼 보이는 방송사의 전부, 사람들

전체 조직에 혹처럼 붙어 있던 방송기획실이란 명칭이 미디어정책실로 변하고 전략기획실로 확장되는 동안 수많은 사람을 만났다. 나와 같은 연구원만 둘 수는 없기에 제작부서에서 1년, 혹은 2년 단위로 PD, 기자, 아나운서들이 왔다. 그들은 자기 주요 업무에서 잠시 쉬어가는 자리로 생각하기도 하고, 때로는 좌천의 의미로 받아들이기도 했다. 사실 이렇게 각 부서에서 차출된 사람들이 한자리에 모이는 곳이라 의외의 장점도 있었다. 조직 내 아는 사람의 비율이 빠른 속도로 증가했다. 간단히 눈인사만 하던 사이가 가끔 밥을 먹는 사이로 발전하기도 하고, 사내 뒷이야기에 낄 낄거리는 사이가 되기도 했다. 늘 차가운 표정이라 말 붙이기도 어려웠던 여우 같다던 기자 선배는 알고 보니 여우보다는 곰에 가까운 따뜻하고 우직한 사람이었다. 엉뚱하고 게으르다던 아나운서 선배는 알뜰살뜰 사람도 잘 챙기고 업무도 착실히 해내는 사람이었다. 소문과 사람이 반드시 일치하는 것이 아니었다. 사람을 대할수록, 그래서 회사 경력이 쌓일수록 나는 사람이 전부란 사실을 체득했다. 하나둘씩 동료라고 부를 수 있는 사람들이 늘어가면서 과연 내가 이 조직에 객관적인 시선을 유지하며 항상 냉정한 정책보고서를 생산해 낼 수 있는지 의문이 들었다.

처음에 그렇게 촌스러운 커뮤니케이션이라고 생각했던 회사가 투박하지만, 정겨운 소통 방식이라고 생각이 드는 건, 정이었다. 정이 드는 중이었다. 방송사는 협업을 기반으로 하는 업종이다. 요즘같이 1인 미디어 체제 속에서 혼자서 북 치고 장구 치는 유튜버와 인플루언서들 사이에서 상당히 시대에 뒤떨어진 말 같지만, 방송이 방송일 수 있는 이유는 협업에서 기인한다. 혼자이면 놓칠 수 있는 것을 동료들이 특유의 사명감으로 놓치지 않게 해 준다. 때로는 고성이 오가고 살벌한 말다툼이 벌어지지만, 온에어 표시 한 번에 기가 막히게 하나로 뭉치는 광경은 장관이다. 나는 공영방송이라는 이름 하에 적당히 촌스러운 그 책임감에 마음이 갔다. 크든 작든 그 책임감을 마음속에 품고 있는 그들이 좋았다.

이 자리에 함께 있는 이들을 지킬 수 있는 멀리 보는 법

어떻게 버틸 수 있을까 싶었던 수많은 시간은 나도 모르게 내가 그들을 잡고, 그들도 모르게 그들이 나를 잡으면서 인내한 시간이 아닐까? 그래서 가끔 인건비가 너무 많이 드는 조직이라는 외부의 평가에 울컥한다. 타 방송사에 비해 예산이 현격히 적은 방송사의 인건비가 전체 예산에서 비율이 높다는 것은 바꿔 말하면 제작비가 한참 모자란다는 뜻이다. 외부의 모자란 제작비를 사람의 힘으로 메꾼다는 생각은 하지 않는다. 그리고 방송은 원래 사람이 다다. 사람이 만들어 낸 산물이다. 그러니 사람에게 드는 비용이 가장 많은 것은 너무나도 당연하다. 하지만 조직 내 인건비가 너무 많다는 외부의 비난에 이런 식의 이야기는 통하지 않는다. 너무나도 당연한 이야기를 당연하게 받아들이지 않는 이들에게 나는 애써 돌려 말하는 기술도 배워야 했다. 적당히 다른 방송사의 사례도 들고, 별로 필요 없는 해외 사례도 가져오고, 나름 언론학계에 유명한 사람들이 쓴 페이퍼 도 인용하면서.

인건비 문제까지 내가 대응해야 싶을 때가 많은데, 작은 방송사에 있는 유일한 연구원은 전공 분야와 관계가 없다는 사실도 깨달았다. 언론학은 뒤로 하고, 가끔은 노동사회학자처럼, 가끔은 경제학자처럼, 가끔은 정치 학자처럼 산다. 사회과학의 영역에서 분명히 공통점은 있을 거라면서 자 위하지만 사실 내가 엉터리로 일하는 게 아닐지 걱정이 물밀듯이 밀려올 때도 많았다.

좋은 길로 가는 정책이고 전략이기 바라며 선택한 일들 하나하나가 어 느새 큰 산이 되어 나타났다. 시에서 독립한 재단법인, 2년도 되지 않아 맞 이한 위기, 그리고 재단출범 5년을 맞이하는 시점에 청산될지도 모를 위 협. 사람이 전부라고 생각하면서, 그 사람들을 지키고자 했던 일들은 하나 둘씩 다시 그 사람들을 위협하며 나타난다. 도대체 몇 년 앞을 내다보아야 하는 일이었던가? 얼마나 많은 정치적 수를 계산해야 했던 일이었던가?

나의 소중한 첫 작품에 대해:
다큐멘터리 그리고 딸

by 어텀

라디오와 아이, 두 미래를 품다

회사가 이전한다는 소식이 들려왔다. 동시에 특집 프로그램을 기획해야

한다는 상사의 말에 나는 출산을 앞둔 아내를 걱정하며 마음이 편치 않았

다. 출산예정일이 얼마 남지 않았다고 조심스레 말씀드렸지만, '그게 대체

무슨 상관인데?'와 같은 의미인 단호한 눈빛 앞에서 더 이상의 말을 잇지

못했다.

빠르게 제작하고 아내를 도와주어야겠다는 마음으로, 평소 관심이 많던

한국 재즈의 대부인 이판근 선생님의 자전적 다큐멘터리를 제안했다. 하

지만 진행은 쉽게 되지 않았고, 예기치 않게 무산되었다. 이후 제출한 여

러 기획안도 번번이 좌절되었다. 시간이 점점 촉박해지는 만큼 내 마음도 조급해졌다. 그때 문득 떠올랐다. 라디오 PD로서 늘 고민하던 '라디오의 미래'를 다큐멘터리로 만들어 보면 어떨까? 예전에도 그렇고 지금도 그렇지만, 라디오를 사양산업으로 치부하는 사회의 모습에 나는 라디오의 새로운 부흥을 꿈꾸며 앞으로 나가야 할 방향에 관해 이야기하고 싶었다. 다행히 기획안은 통과되었다.

일과 가정 사이에 길을 잃다

아내의 배는 이미 눈에 띄게 불러오던 때였다. 매일 아침 출근하는 나를 배웅하며 그녀는 "오늘은 일찍 와요?"라고 물었지만, 나는 매번 애매한 답변으로 둘러댈 수밖에 없었다. 다큐멘터리 제작은 생각보다 더 많은 시간과 에너지를 요구했다. 임신 후기에 접어든 아내는 허리 통증으로 밤잠을 설치곤 했지만, 나는 밤늦게까지 편집실에서 시간을 보내느라 그녀의 곁을 지켜 주지 못했다.

"여보, 고생이 많네. 그런데 오늘은 집에 있는데 무슨 일이 있었냐면…."

"음… 내일 이야기하면 안 될까?"

하루를 어떻게 보냈는지 이야기하고 싶어 하던 아내의 대화에도 나는 피곤하다며 다음에 이야기하자고 반응하는 것이 전부였다. 다큐멘터리 제작의 중압감은 내가 조율할 수 있을 거라는 예상과 달리 많은 것을 앗아가는 것만 같았다. 좋은 남편이 되고 싶었고, 동시에 성공적인 프로그램을 만들고 싶었다. 하지만 그 두 가지 사이에서 나는 계속해서 균형을 잃어갔다.

어느덧 출산일이 되었다. 긴 진통에도 아이가 잘 나오지 않아 결국 제왕절개 수술을 받아야 했다. 그리고 그렇게 기대하던 아이가 태어났다. 하지만 산소 치료를 받아야 하는 이유로 아이를 바로 볼 수 없었다. 출산 전후로 제대로 된 남편의 역할을 하지 못했다는 자책감이 가슴 한편을 무겁게 짓눌렀다.

실패와 성공 사이, 가족의 자리

다큐멘터리 방송일이 다가왔다. 방송 하루 전날에서야 겨우 편집을 마치고 완성된 프로그램을 시사했다. 내게 다큐멘터리를 맡긴 상사의 표정이 좋지 않았다. 쏟아부은 시간과 노력이 무색하게, 기대에 미치지 못했다는 평가였다. 밤을 새워 재편집했지만, 아침이 되고 결국 예정된 방송 시간까지 한 시간밖에 남지 않았다. 송출팀에 머리 숙여 사과하고 나서야 다큐멘터리 제작을 마무리할 수 있었다. 당시 라디오본부장의 "다음에 더 잘 만들면 되지…." 발언 이후로 누구도 다큐멘터리에 관해 이야기하지 않았다. 마치 아무 일도 없었다는 듯 회사의 일상은 흘러갔다.

그렇게 한 달여가 지났을 때, 뜻밖의 전화를 받았다. 한국PD협회에서 이달의 프로그램상 수상 소식을 전해 온 것이다. 기쁨보다는 복잡한 마음에 아내에게만 조용히 이 소식을 전했다.

"축하해! 그래도 다행이다. 잘 만들고 싶었잖아."

짧지만, 아내의 진심 어린 말에 눈시울이 붉어졌다. 혼자 아기를 돌보며 외로웠을 시간, 남편의 빈자리를 묵묵히 견디며 보냈을 그 시간이 떠올랐다.

며칠 후, 다른 선배를 통해 이 소식이 회사에 알려졌다. 먼저 본부장이 나를 찾아와, 본인의 평가가 성급했음을 인정한다고 뜻밖의 사과를 했다. 방송계에서 꽤 오랜 시간을 보냈지만, 이런 경험은 처음이었다. 당시 나에게 다큐멘터리를 맡기고 시사에 엄청난 혹평을 쏟아부었던 상사는 후배인 나의 수상 소식을 이곳저곳에 자랑하며 다녔다.

퇴근길, 아이를 돌보며 분주할 아내를 떠올리며 생각했다. 우리는 늘 여러 가지 역할 사이에서 고민한다. 완벽한 균형이란 없을지도 모른다. 하지만 서로를 이해하고 신뢰하는 마음이 있다면, 그 불완전한 균형 속에서도 행복을 찾을 수 있지 않을까.

나는 안다. 내가 한 발짝이라도 더 나아갈 수 있었던 건, 바로 아내의 이해와 배려 덕분인 것을. 그래서 나는 조금 더 나은 남편이자 아빠가 되고 싶었다. 라디오에서 들리는 음악처럼, 우리 가족의 이야기를 쓰고 싶었다.

Part 3

사계절이 모두
필요한 이유

침묵 아래 흔들리는 신뢰

by 어텀

깨어진 기대, 싹트는 의심

"엄마 보러 가자!"

나는 '봄'을 데리고 아내의 직장으로 향했다. 미리 알리지 않은 깜짝 방문이었다. 퇴근길에 만나면 분명 좋아할 것 같았다. 어린이집이 끝나는 시간에 맞춰 '봄'을 데려오고, 혹시나 배고플까 봐 간식도 챙겼다. 날씨도 좋고 도로도 한산해서 운전하는 내내 마음이 들떴다. 회사 근처에 거의 다다랐을 때 아내에게 전화를 걸었다. 신호음만 계속될 뿐 응답이 없었다. 업무가 바쁜가보다 싶어 넘어갔다. 회사 앞에 도착해 잠시 정차하고 다시 전화를 걸었지만, 여전히 받지 않았다. 불안한 예감이 들어 '봄'을 안고 회사

로비로 들어갔다. 남편이라고 밝히며 아내의 부서에 연락을 요청했다. '봄'
을 안고 있어서인지 경비원은 흔쾌히 구내전화를 연결해 주었다.

"안녕하세요, ○○○씨 남편인데요. 지금 통화 가능할까요?"

잠시 주저하던 상대방이 말했다.

"오늘 휴가인데요."

순간 머릿속이 하얘졌다. 아내가 나중에 곤란해질까 봐 급히 변명했다.

"아! 그게 오늘이었나요? 제가 잘못 알았네요."

서둘러 전화를 끊고 '봄'과 함께 차로 돌아왔다. '봄'은 당황한 나의 모습
이 낯선지 의아한 눈빛을 보냈다. '봄'을 카시트에 앉히고 운전석으로 돌아
와 시동을 걸자 감정이 북받쳐 올랐다. '무슨 일이지?', '어떻게 나한테 한
마디 말도 없이 휴가를 낼 수 있지?', '도대체 어디에 누구와 있는 걸까?'
꼬리에 꼬리를 무는 질문들이 머릿속을 헤집었다. 간신히 마음을 추스르
고 '봄'에게 말했다.

"엄마가 어디 갔나 봐."

'봄'은 아무것도 모른 채 순진한 눈망울로 웃어 주었다.

외면한 진실, 선택한 평화

남편으로서의 자존심은 이미 바닥으로 떨어졌다. 아내가 나를 속이고
다른 곳에 갔다는 사실이 쉽게 받아들여지지 않았다. '혹시 내가 부족한
남편이었나?', '더 많은 대화를 나누지 못한 것일까?' 자책과 분노가 교차

했다. 그동안 쌓아온 신뢰는 어디로 사라진 걸까?

저녁이 되어 아내가 돌아왔을 때, 그녀의 태연한 모습에 더욱 가슴이 아팠다. 아무 일 없다는 듯 말을 거는 목소리에서 낯선 사람의 기운이 느껴졌다. 같은 공간에 있으면서도 전혀 다른 세상에 있는 것 같았다. 진실을 추궁하고 싶은 마음과 모른 척하고 싶은 마음이 충돌했다. 하지만 '봄'을 위해, 어쩌면 나 자신을 위해서도 침묵을 선택하기로 했다. 때로는 진실보다 평화로운 거짓이 나을 수 있다는 생각이 들었다. 그러나 이런 선택이 옳은 것인지, 그저 도망치는 것은 아닌지 고민이 깊어졌다.

밤이 깊어져 갈수록 꼬리에 꼬리를 무는 의문만 늘어났다. 서로를 향한 신뢰와 사랑이 언제부터 흔들리기 시작했을까? 앞으로 우리는 어떻게 해야 할까? 무엇보다 가장 두려웠던 것은 내가 더 이상 아내를 믿지 못하게 된 현실이었다. 아니, 어쩌면 우리 사이엔 이미 한겨울의 매서운 바람이 불어닥치고 있었을지도 모른다. 모른 척 애써 외면하고 있었을지도 모른다.

Let it go

by 썸머

아침의 폭탄

늘 그렇듯 남들보다 한 시간 이른 출근을 했던 그날, 어텀이 아무렇지 않은 듯 얘기했다.

"썸머, 실은 얼마 전에 와이프가 집을 나갔어요. 이혼하고 싶대요."

"애는 어쩌고요?"

벌떡 일어나자마자 물었던 질문은 촌스럽게도 아이 얘기였다. 나도 엄마라 그렇다는 궁색한 이야기는 사실 변명이다. 그렇지만 어텀의 기분이 어떤지, 생활이 괜찮은지 공감하는 것보다 당장 '봄'을 어떻게 하고 갔다는 말인지가 더 궁금했다.

"아이를 데리고 나갔어요. 그래서 지금 '봄'을 못 만나고 있어요."

어텀은 최대한 아무렇지 않은 듯 말했지만 그제야 그의 낯빛이 최근에 안 좋았다는 것을 깨달았다. 건강에 적신호가 켜졌다는 것도 알 수 있었다.

"뭐라고 말해야 할지 모르겠어요."

진심이었다. 뭐라고 말해야 할지 모르겠다.

우리 셋이 모여서 종종 떨던 수다에는 마음에도 잘 안 맞는 배우자와 이 전쟁 같은 육아를 하니 혼자 하는 것이 훨씬 낫겠다는 얘기도 있었고, 망할 놈의 호르몬 놀음에 한 결혼이란 제도 때문에 평생을 저당 잡혀 사는 것이 과연 옳은지에 대한 얘기도 있었다. 그런데 어텀이 그 모든 얘기를 진심으로 하고, 시대를 앞서가는 남자답게 실천에 옮긴 것이라고 느껴지지 않았다.

"이혼하고 싶지 않아요."

어텀은 그렇게 말했다. 그날은 아침에 챙겨온 오이와 파프리카에서 쓴 맛이 났다.

처음엔 어텀을 위로하기 위해 시작된 생각이 꼬리에 꼬리를 물었다. 회사 생활이 어려워 봤자 가정생활만큼 어려울까? 육아라는 거대 담론 아래 종 종 배우자와의 관계는 뒷순위로 밀리기 마련이다. '너는 어른이니 알아서 살 고 있겠지!', '지금 내가 하는 일이 얼마나 많은데 굳이 너까지 나를 귀찮게 하니?' 등이 켜켜이 쌓이고 나면 더 이상 싸움도 의미가 없는 시기가 온다.

'회사에서도 시달리고, 아이에게도 시달리는데 배우자에게까지 시달려야 할까?'란 질문의 모범답안은 무엇일까? 수많은 부부관계 전문가가 이야기하듯, 아이들보다 배우자를 최우선으로 두고, 대화를 많이 하고, 부부만의 시간을 갖도록 하고….

정답 같은 이야기는 왜 늘 현실과 거리가 먼 것일까? 애초에 부부만의 시간이란 쉽게 생기지 않는다. 그리고 혹시라도 아이가 없는 시간이 주어진다면 그 귀한 시간은 오롯이 나 혼자만을 위해 쓰고 싶다. 배우자랑 나누고 싶지 않다는 얘기다. 게다가 정기적인 대화라니? 우리 부부에게 남은 대화의 패턴은 통보와 대답뿐인데…. 깊이 있는 대화는 싸움을 부를 뿐 아닌가? 그렇게 산지 꽤 오래였다. 여전히 깨소금 쏟아지게 사는 부부들도 있다는 것을 안다. 그렇게 살지 못한다고 해서 이혼까지 강행하며 새로운 사랑을 찾기는 이젠 너무 귀찮은 시기에 진입하기도 했고, 아이도 셋이고, 시간도 없다. 아, 그리고 돈도 드는구나. 복잡하긴 또 얼마나 복잡한가? 이혼이 혼인신고만큼 간단한 것이라면 아마 이혼율은 급증했을 테고, 나도 어떨지 모르겠다고 늘 생각만 한다. 늘 생각만….

그런데 어텀이 이혼할지도 모른다니!

이혼을 꼭 위로해야 하나요?

"그냥 와이프가 이만큼이나 스트레스를 받았다는 제스처를 취한 게 아닐까요?”

어텀은 고개를 저었고, 나도 말하는 순간마저 별 의미 없는 얘기란 걸 알았다. 이혼소송을 제스처로 하기에 대한민국 직장인들은 너무나도 바쁘다. 그다지 위로가 되지도, 도움이 되지도 않는 말들을 늘어놓다가 나는 어텀을, 혹은 어텀의 배우자를 위로할 필요가 있을까 하는 생각에 이르게 되었다. 그들이 수동적이지 않고 능동적으로 삶을 개척하는 부부인 것만 같은 기분. 지금 내가 느끼는 이 감정이 어텀에 대한 안쓰러움인지 부러움 인지도 헷갈렸다.

우리 부부는 서로 사랑하고 배려하지는 않지만 그렇다고 싸우거나 폭력 적으로 살고 있지도 않다. 서로에게 큰 관심은 없지만 그렇다고 비난하며 시비 거는 사이도 아니다. 부부관계 개선을 위해 병원이나 전문가의 도움 을 받아 볼까 고민한 적도 있었는데, 남편이 딱 잘라 거절했고, 또 그게 서 운하지 않을 정도로 나도 적극적인 것은 아니었다. 회사 생활도 피곤하고, 육아도 정신없으니 그저 서로에게 폐를 끼치지 않고 살아야겠다는 정도였 다. 내가 생각했던 결혼생활은 아니었지만 이미 이 결혼을 종료할 만한 사 회적 결격사유는 하나도 없으므로 그냥 산다.

그래서 어텀도 그냥 그렇게 사는 줄, 혹은 그렇게 살 줄 알았다. 하나에 서 둘이 되는 것보다 둘이었다가 하나를 내려놓는 일이 훨씬 더 어려운 결 정이다. 그리고 둘을 영원히 봄으로 살게 하는 자식 문제가 겹쳐 있을 때,

내려놓는 일은 더욱 어려워진다. 물론, 어렵다고 덮어둘 일은 아니다. '봄'을 '봄'답게 지키는 일 중 하나는 행복한 부모다. 마주 앉을수록 어두워지는 부모의 낯빛에 봄이 화사한 봄꽃을 피우긴 힘드니까. 그래서 '이혼이라는 단어가 명백히 수면 위로 떠오른 어팀 부부가 훨씬 세련되고 현대적인 건 아닐까?', 적어도 '아이 외의 자기 본연의 삶에는 더 주체적인 것이 아닐까?'하는 묘한 부러움이 있었다.

물론 하루하루 어두워지는 어팀의 표정을 지켜보며 이혼이 말처럼 쉬운 건 아니란 걸 체득했다. 딱히 애정이 남아 있는 부부가 아닐지라도 아이가 있고 직장 생활을 지속해야 하는 경우 모든 이혼 절차가 피곤하고 어려울 수밖에…. 결혼은 곧 잔치고, 주변 사람들의 도움을 받으며 시끌시끌한 과정을 거치지만 이혼은 그렇지 않다. 외롭고 힘든 싸움인데, 심지어 주변에 알리는 것도 조심스럽다. 최종적으로 이혼이 성립되기 전까지 어팀은 외롭고 힘든 싸움을 하면서도 직장 내의 자신의 역할에 소홀함이 없었다. 아이를 유치원에 데려다주고, 픽업하고, 음식까지 직접 신경 쓰던 자상한 아빠인 어팀이 어느 날 갑자기 아이를 못 보게 되었을 때의 참담함에도 불구하고 그는 회사에서 단 한 번의 티도 내지 않았다. 얼마나 애가 탈지 감히 가늠할 수조차 없다. 결혼해야 어른이 된다고 하는 말에 묘한 반감이 있었는데, 이혼해야 어른이 된다는 말은 왠지 고개를 끄덕일 수 있을 것 같다. 어팀은 그렇게 나보다 큰 어른이 되고 있었다.

예상치 못한 손님, 공황

by 어텀

사라진 일상, 찾아온 공포

아내와 아이가 집을 나간 지 벌써 3개월이 지났다. 함께였다면 결혼 7년 차를 맞이했을 우리 가정의 평범한 일상은 이제 더 이상 존재하지 않는다. 모든 것이 너무 갑작스러워 현실감을 느낄 새도 없이, 나는 텅 빈 집에 홀로 남겨졌다.

퇴근 후에도 늘 서둘러 집으로 향했다. 마치 아내와 아이가 언제라도 다시 돌아올 것만 같았다. 현관문을 열 때마다 아내의 목소리, 아이의 웃음소리가 환청처럼 귓가에 맴돌았다. 하지만 시간이 흘러도 쓸쓸한 현실이 점점 더 선명하게 다가왔다. 아이의 작은 손을 잡고 거리를 걷던 순간들,

아내와 나누던 소소한 대화들이 머릿속을 떠나지 않았다. 그리움이 깊어질수록 현실과의 괴리감은 더욱 커졌다.

그러던 어느 새벽, 잠에서 깨어났다. 숨이 턱 막히고 심장이 빠르게 뛰며 가슴이 조여드는 공포가 나를 엄습했다. 처음에는 심장에 문제가 생긴 줄 알았다. 식은땀이 흐르고 온몸이 떨리며 무언가 심각한 일이 일어났다고 확신했다. 적막한 공간에서 나는 혼자였다. 통증이나 아픔이 아닌 호흡의 문제였기에 숨을 크게 쉬려 안간힘을 썼다. 머릿속은 완전히 마비된 채 아무 생각도 할 수 없었다. 한참이 지나서야 정신을 겨우 차렸지만, 마음속 깊이 자리 잡은 두려움은 쉽게 사라지지 않았다.

출근을 준비하며 같은 증상이 다시 찾아올지 모른다는 불안에 휩싸여 병원을 검색했다. 회사 근처에 병원이 있다는 사실만으로도 작은 위안이 되었다. 출근 직후 양해를 구하고 진료받았다. 의사는 '공황 발작'이라는 진단을 내렸다. 의학적인 설명이 이어졌지만, 내 머릿속은 이미 공황 그 자체였다. '다시 이런 일이 일어나면 어떡하지?'라는 두려움이 나를 더욱 짓눌렀다. 공황은 내가 통제할 수 없는 무형의 적이었다. 예고 없이 찾아오는 그 무서운 감정은 나를 완전히 무기력하게 만들었다. 무엇보다 가장 괴로운 것은 이 공황의 뿌리가 아이에 대한 그리움에서 비롯된다는 사실이었다. 아이의 얼굴, 목소리, 그 작은 손길이 그리워질 때마다 내 마음은 걷잡을 수 없는 소용돌이에 빠져들었다. '아이는 어디서 무엇을 하고 있을까? 나를 그리워하고 있을까?' 수많은 생각들이 꼬리를 물며 내 정신을 갉아먹었다.

첫 발작 이후, 나는 더 이상 나 자신을 신뢰할 수 없었다. 언제 어디서 또다시 그런 일이 생길지 모른다는 두려움에 모든 일상이 흔들렸다. 회사에서도 업무에 집중할 수 없었고, 사람들과 마주치는 것조차 두려웠다. 집 밖으로 나가는 일상적인 행동에도 큰 용기가 필요했다. 나의 삶은 더욱 피폐해졌고 일상은 무너져 갔다.

아픔을 껴안는 용기

상담을 통해 내가 느끼는 감정과 그 이면의 상처를 하나씩 마주했다. 현실을 직시하는 것은 어설프게 아문 상처를 다시 긁어 내는 것과 같이 큰 아픔이었다. 가장 아픈 순간은 내가 얼마나 아이와 아내와의 관계를 소홀히 했는지를 깨달을 때였다. 그리움이 공황을 부르지만, 동시에 그 그리움은 내가 다시 살아가야 할 이유이기도 했다. 나를 무너뜨린 그리움 속에서 오히려 다시 일어설 힘을 발견했다. 나는 치료를 적극적으로 받고, 공황을 받아들이기로 다짐했다.

지금도 나는 공황과 싸우고 있다. 아이와 아내의 빈자리는 여전히 크고, 그들이 돌아오리라는 희망은 희미해졌다. 공황에 대한 두려움이 여전하지만, 나는 조금씩 나를 더 이해하게 되었다. 아이에게 더 나은 아빠가 되기 위해, 무엇보다 나 자신에게 좋은 사람이 되기 위해 오늘도 노력하고 있다. 한밤중 문득 찾아오는 그리움과 불안 속에서도, 이제는 내 삶의 일부가 되어 버린 이 아픔을 끌어안고 숨을 고른다. 예상치 못한 손님처럼 찾아온 공황, 그 무게마저 삶의 일부로 받아들이려 한다.

떠나는 사람과 남은 이들의 희망

by 윈터

누군가와는 반가운 이별을…, 누군가와는 가슴 아픈 이별을…

2022년 말부터 회사에는 대표의 부재가 있었다. 연차라는 소문부터 수술하러 병가에 들어갔다는 소문까지 직원들 사이에서는 확인되지 않는 이야기들만 파다했다. 그 누구도 명확하게 알려주는 이는 없었으나 대표의 실질적 부재는 명확한 사실이었다. 모든 구성원이 문제가 있는 선장이라고 생각하는 터였다. 직원과의 대화 시간에 대표는 대책 없는 무책임한 말들만 이어갔다. 무슨 일이든 하고 있을 것이라는 직원들의 기대는 처참히 무너졌다. 그러한 선장이 자리를 비우고 있는 모습은 모두를 화나게 했다. 차라리 없는 게 낫다고 생각하는 이들도 많았다. 그렇게 선장은 제대로 된

인사를 남기지 않고 돌연 회사를 떠났다. 대표가 회사를 떠났는데 신기하게 회사는 활기가 돌기 시작했다. 불안하긴 했지만 봄이 올 것이라는 희망이 샘솟았다.

그 무렵 어텀 아버님의 건강이 안 좋아지셨다. 8시 출근자 썸머, 어텀, 윈터의 아침 수다에 아버님의 건강 이슈가 부단히 들어왔다.

"병원에서 치료에 대한 방향이 과마다 달라요. 그래서 오늘 자세히 설명을 들어보려고요."

"병원에서 어떤 치료법을 권했는데 금액이 어마어마해요."

어텀은 아버님의 병원 진료로 몇 번인가 휴가를 냈다. 부모님의 자택부터 병원까지 먼 길을 마다하지 않고 모시고 다녔다. 언젠가는 병원과 한참을 통화하기도 했었다. 조심스럽게 우리가 부모님의 부고를 들어도 낯설지 않은 나이가 되었다고 느끼게 되었었다.

나는 어머니가 간암으로 일찍 돌아가셨다. 내 나이 19살, 어머니의 나이 46세이셨다. 어리지도, 그렇다고 많지도 않은 나이였지만 모두에게 안타까운 나이였다. 그때 나는 어텀처럼 적극적인 자식이 아니었다. 아마 어렸기 때문이리라. 지금 와서 되돌아보면 모든 것의 결정은 아빠의 몫이었다. 난 그저 엄마의 아팠던 모습만 단편적으로 기억난다. 그때 아빠의 무게감도 엄청났을 것이다. 그렇게 24년이 흘러 부모님과의 이별이 어색하지 않은 나이가 되었다. 걱정하던 차에 어느 날 밤, 부고가 들려왔다.

워킹맘은 환한 대낮의 장례식장에 갑니다, 빛의 속도로!

장례식장은 춘천이었다. 운전을 본격적으로 시작한 지 2년 만에 처음으로 장거리 운전을 했다. 첫째 아이의 라이딩을 위해 최적화된 운전이었기에 고속도로는 낯설었다. 전날부터 남편에게 물어가며 여러 가지 도로 시뮬레이션을 돌렸다. 그런 내가 팀 동료들을 차에 태우고선 왕복 네 시간을 달렸다. 내가 달릴 수밖에 없던 이유는 나를 포함하여 차에 탄 사람들이 모두 워킹맘들이었기 때문이다. 우리는 모두 4시까지 회사로 돌아와야 했다.

돌도 안 된 아이를 키우는 A. 그녀는 육아휴직 없이 출산 후 바로 회사에 복귀했었다. 그녀는 회사 앞 어린이집에 아이를 맡겨서 4시가 되면 아이를 찾으러 가야 했다. 그리고 이제 막 돌이 지난 둘째와 초등학교 1학년인 아이를 키우는 B. 학교에서 학원으로 갔다가 돌아오는 아이를 맞이하고 둘째를 어린이집에서 픽업하려면 그녀도 마음이 급했다. 그리고 썸머. 3명의 아이가 엄마만을 기다리며 있을 터였다. 아침에 출발해서 4시 전에 회사로 돌아오려면 실제로 장례식장에는 1시간도 채 못 앉아 있을 수밖에 없다. 마음이 급했다. 뒷이야기지만 썸머는 내가 운전하는 내내 뒷자리에서 발로 브레이크 잡는 행동을 자신도 모르게 자꾸 했다고 한다. 너무 무섭게 달린 탓이다. 그리고 수시로 물었다. "윈터, 지금 내가 보이는 게 윈터 눈에도 보이는 게 맞죠?"라고.

워킹맘이라고 해서 모든 경조사에 예외 규정으로 묶일 수는 없다. 슬픔과 기쁨을 함께할 때 인간은 비로소 인간다워진다. 하지만 그 모든 인간다운 예절 앞에서도 신데렐라처럼 제한 시간을 둬야 한다. 인간으로 태어났지만 '인간다운 인간'이 되기 위해 고군분투하는 우리의 '봄'들은 엄마의 인간다움에 많은 시간을 부여해 주지 않기 때문이다. 서울에서 춘천으로 이동하는 차 안에서도 엄마들의 머릿속에서 돌아가는 수많은 초침 소리가 들렸다. 워킹맘에게만 들리는 공통의 초침 소리 때문에 액셀러레이터를 밟는 오른발에 더 무게를 실을 수밖에. 우리는 그렇게 우여곡절 끝에 장례식장에 도착했다.

새로운 만남과 함께 피어나는 희망

장례식장에서 만난 어팀은 그럭저럭 괜찮아 보였다. 물론 괜찮을 리는 없었다. 하지만 덤덤한 모습이었다.

"새 대표님이 부의금이랑 근조화환을 보냈더라고요?"

어팀의 말에 우리는 신기하다는 듯 우르르 장례식장 앞으로 나갔다. 얼마 전 회사에 부임한 새 대표의 이름이 적힌 근조화환이 입구 가장 가까이 서 있었다. 경영 전문가가 와서 칼춤을 출 것이라는 소문부터 새 대표가 오면 시와 시의회에서 폐지조례안을 폐기하고 새로이 예산을 줄 것이라는 소문까지. 수많은 이야기 속에서 선출된 대표였다. 아직 서로의 속내를 모른 채 벽을 치고 있던 그 시기, 대표의 근조화환은 적어도 우리 팀원들의 마음을 녹이기에 충분했다. 직원들의 경조사를 꼼꼼하게 챙기는 대표라니! 당연하다고 생각하는 사람들도 있었지만, 오랜 시간 느껴 보지 못한 살가움이었다. 그저 사람 사는 세상 같고 참 좋았다.

"어머, 진짜 대표님이 보냈네요?" 썸머와 나는 신기해하며 맞장구쳤다.

"복귀하면 인사 한번 가려고요!" 어텀이 말을 이었다.

우리는 그렇게 1시간 남짓 앉아 있다가 서둘러 자리에서 일어났다. 떠나는 이별 뒤에는 새로움이 있기 마련이다. 우리에게 필요했던 것은 변화였을지 모른다. 정체되어 있기보다는 방향을 가지고 움직이는 행동이 필요한 시기였다. 그렇지 않으면 사방에서 조여 오는 압박에서 벗어나지 못하니 말이다. 그 움직임 속에 작은 빛 같은 희망이 보였다.

진리는 언제나 단순하다

by 어텀

가족의 본질

공황과의 싸움이 조금씩 익숙해질 무렵, 아버지께서 위중하시다는 소식이 들려왔다. 오랜 암투병 중에도 여러 번 고비를 넘기셨기에, 이번에도 지나가리라는 막연한 희망을 품고 병원으로 달려갔다. 하지만 병실에 누워 계신 아버지는 인공호흡기를 의지한 채, 생각보다 훨씬 수척해진 모습이었다.

아버지는 나와 아내를 한 자리에서 만나고 싶어 하셨다. 아내는 잠시 망설였지만, 결국 '봄'의 손을 잡고 병실로 들어왔다. 우리 셋이 모인 것을 본 아버지는 힘겹게 입을 여셨다.

"서로 조금씩만 이해하며 사이좋게 살아라."

떨리는 목소리였지만, 그 울림은 깊고 강렬했다.

아버지는 당신의 삶을 돌아보며 어머니께 미안한 삶을 살았다고 고백하셨다. 서로를 더 이해하고 배려하며 살아야 했다고, 그것이 가족의 본질이라고 말씀하셨다. 아버지의 눈빛에는 아내와 아이를 향한 깊은 애정과 나를 향한 안타까움이 섞여 있었다.

그날의 말씀은 오래도록 내 마음에 남았다. 하지만, 결국 나는 아내와 이혼하게 되었다. 우리의 관계는 이미 많은 부분에서 깨져있었고, 벌어진 틈을 메우기에는 우리 모두 지쳐 있었다. 아버지가 원하셨던 화해와 이해는 우리의 현실에서 이루어지지 못했다.

떠난 아버지와의 약속

아버지의 부고 소식은 깊은 슬픔과 함께 단순한 진리를 상기시켜 주었다. 완벽하지 않아도 서로를 붙드는 것이 가족의 의미라는 것을. 아버지의 마지막 조언은 나를 조금씩 변화시켰다.

나는 아버지의 삶을 천천히 되돌아보았다. 아버지 역시 완벽한 부모나 배우자는 아니셨다. 그럼에도 불구하고 가족을 지키려 애쓰셨던 책임과 노력들이 떠올랐다. 가족의 미래를 위해 희생하셨던 선택들. 그 순간들이 이제야 조금씩 이해되기 시작했다.

나는 이제 '봄'에게 더 나은 아빠가 되기 위해 노력한다. 비록 아내와의 관계가 회복되지 못했지만, 우리는 아이를 위해 각자의 자리에서 최선을 다하기로 약속했다. 가족의 형태는 변했어도, 나는 '봄'에게 진심 어린 사랑을 전하며 아버지께서 돌아가시기 직전에 하신 말씀을 행동하려고 한다.

'봄'과 함께

지난 추석, '봄'과 함께 아버지의 묘소를 찾았다. 처음에는 무서워하던 '봄'이 이제는 곧 잘 따라온다. 나는 '봄'에게 어떤 상황에서도 네 편이 되어 주겠다고 약속했다. 비록 내 말을 온전히 이해하지 못했을지라도, 그 마음 만큼은 전해졌으리라 소망한다.

아버지의 부재는 여전히 내게 큰 공허함으로 남아 있다. 하지만 그 빈자리를 통해 삶의 본질을 배우고 있다. 가족이란 완벽하지 않아도, 서로를 있는 그대로 받아들이고 이해하려 노력하는 관계라는 것을. 복잡하게만 보였던 삶의 진리가 결국은 이토록 단순했다는 것을.

아이는 대체 누가 키우나요

by 윈터

CCTV를 확인하던 날

아이가 아동 학대를 당했다. 학대라는 말은 다른 세상의 이야기일 줄 알았는데 그것이 나에게 닥친 일이 되어 버렸다.

시작은 이러했다. 쌍둥이가 18개월쯤 오셔서 2년여 기간 동안 아이들을 보살펴 주신 돌봄 선생님이 계셨다. 내가 첫째의 치료로 근무 외 시간은 첫째 '봄'을 온전히 돌봐야 했기 때문에 쌍둥이는 남의 도움이 필요했다. 그렇게 인연이 되어 만난 돌봄 선생님은 아이들을 살뜰히 챙겨주시고 나에게 큰 위안이 되는 분이었다. 그런데 그분이 팔이 부러져 아이들을 돌봐줄 수 없는 상태가 되어 버렸다. 그렇지 않아도 신경을 많이 못 써서 미안한 쌍둥이였다. 아이들에게 많은 변화를 주는 것이 부담스러웠다. 그래서 당장 새로운 선생님으로 바꾸지 못했다. 그러면서 임시로 새로운 분이 오셨는데 이분이 신입이었던 거다.

그날도 나는 퇴근 후 첫째 '봄'과 일정을 마치고 집으로 왔다. 쌍둥이들과 돌봄 선생님은 집에 계셨다. 아이들을 돌본 지 삼 일째 되신 돌봄 선생님은 오늘 유독 정신이 없어 보이셨다.

"제가 핸드폰을 잃어버렸었는데, 아이들이 찾아줬어요. 경찰도 왔고요."

횡설수설하는 그녀의 말이 이상했다. 경찰이라니? 서둘러 그녀를 퇴근시키고 나는 집에 있던 CCTV를 켜서 확인하기 시작했다. 상황은 그야말로 어이가 없었다.

"우리 애들 아동 학대당했어요."

지난밤 잠을 한숨도 자지 못하고 아침에 출근했다. 자리에 앉자마자 썸머와 어텀에게 첫 마디를 뱉었다. 순간 두 사람의 얼굴에 당황의 기색이 역력하다. 삼 형제의 집은 늘 스펙터클 하지만 오늘 건은 단어부터 심상치 않지 않은가. 난 단전부터 끌어 나온 한숨을 푹 내쉰 뒤 말을 이었다.

"쌍둥이들 하원 도와주는 이모님 있잖아요. 그분이 아이들만 집에 방치하고 30분 정도 밖에 나가셨어요."

"쌍둥이들 만 3살 아녜요? 왜요?" 썸머가 커다란 눈망울을 하고 질문했다.

"본인 핸드폰을 잃어버리셨대요. 그래서 그걸 찾으러…. 더 황당한 건요, 그 핸드폰이 우리 집에 있었어요."

"네?" 이어지지 않는 사건의 맥락과 뜬금없는 이야기에 어텀이 흥분했다.

"핸드폰이 윈터의 집에 있었다고요?"

"네, 핸드폰을 찾겠다고 밖에 나가서 다른 사람 휴대폰으로 전화를 했나 봐요. 그런데 벨이 우리 집에서 울린 거죠. 제가 더 미칠 것 같은 게 뭔지 알아요? 아이들이 이모님 핸드폰 집에 있다고, 그걸 찾아준다고 현관문을 열고 밖으로 나갔어요."

말하면서도 CCTV로 보았던 그 모습이 눈앞에서 펼쳐지는 듯 고통스러웠다. 이모님이 떠난 빈집에서 두 아이는 우왕좌왕하며 불안해했다. 한 아이는 식탁에 앉아 내내 울고 있었고, 한 아이는 마려운 변을 참으며 온몸을 비비 꼬고 있었다. 아직 어른이 없으면 뒤처리가 어려워 변을 보지 않는 아이였다. 그 모습은 내 마음에 낙인되어 고통을 계속 유발했다.

아이 문제는 우리 모두의 날벼락

아이를 키우는 것은 혼자 해낼 수 있는 영역이 아니다. 특별한 돌봄이 필요한 형제가 있거나, 다둥이를 키우려면 누군가의 도움은 필수적이다. 손을 빌린다고 엄마의 마음이 편한 것은 아니다. 늘 아이에게 미안하고 죄스럽다.

"이래서 다들 친정엄마, 시어머니께 부탁을 하나 봐요. 그래도 가족이

Part 3 사계절이 모두 필요한 이유

131

믿을 만하니까."

나의 푸념에 썸머가 말을 이었다.

"저도 친정엄마한테 늘 부탁하는 처지지만 마음이 편하지는 않아요."

우리가 다니는 회사는 일과 가정의 양립을 위해 만 5세 이전 아이를 키우는 사원들에게는 2시간의 근로단축을 유급으로 허용해 준다. 그러나 눈치가 안 보이는 것은 아니다. 다른 층에서 우리 팀을 '조기 퇴근자'들이 모인 팀이라고 불렀다. 하지만 어쩌겠는가? 그렇게라도 아이들은 키워 내야 하는 세상이니 말이다. 그나마 이러한 회사도 곧 없어질 위기니, 총체적인 난국인 것은 맞다.

"태권도 보내기엔 아직 좀 어리죠? 대부분 5세부터 받으니까. 내년에는 한번 고민해 보세요." 어팀이 걱정 어린 말을 건넸다.

"진짜 K-보육 태권도가 그냥 있는 말이 아니에요. 고마워요."

9시가 되었다. 나는 잠시 전화를 한다며 회의실로 들어갔다. 아이 돌봄을 주선해 준 곳을 포함하여 이곳저곳 전화할 곳이 많았다. 당장 내가 회사에 있는 동안 아이를 볼 사람을 구하는 것도 문제였다. 사무실은 여기저기 삼삼오오 모여 정신이 없었다. 폐지조례안 때문이리라. 일단 난 어제 하루의 일을 처리해야 하니 마음의 여유가 없다. 회사가 폐지되기 전에 내 아이들의 인생이 폐지될까 덜컥 겁이 났던 하루였다. 순간순간 스치는 '만약 그때 애들이 뛰어나가 엘리베이터라도 탔더라면?', '애들이 계단에서 구르기라도 했다면?', '고층인 우리 아파트 창문이라도 열었다면?'이란 섬 찟한 상상의 끝을 부여잡고 고개를 가로저었다. 그저 내가 퇴근하기 전까 지 살아만 있어 달라고 기도해야 하는 게 워킹맘의 숙명인 건가? 그 순간 만큼은 회사가 문제가 아니었다. 온종일 전화통을 붙잡고 있었던 것 같지 만 쉬이 해결되는 일은 없었다. 변화의 길목에서 회사도 나도 갈대같이 흔 들리기만 하는 시간이었다.

운동을 그만두는데
합리적인 이유 따윈 없다

by 썸머

강물이 부는데 뱃사공이 사라지는 회사

회사 건물 내 지하에 있는 피트니스 센터에 1년을 꼬박 출석 도장을 찍었다. 주로 점심때 운동했지만, 점심 미팅이 있거나 약속이 잡히면 새벽에 일찍 운동하고 출근하기도 했다. 내 맘대로 되는 것 하나도 없는 회사 생활, 내 말대로 해 줄 리 없는 세 딸과의 육아 전쟁에 유일하게 내 맘대로 되는 건 내 몸뚱이뿐이라는 것. 왜 진작 알지 못했을까 싶을 정도로 즐거운 운동 생활은 윈터와 함께할 때 더 신났다. 운동한다는 사람을 만나면 3대 몇 치냐는 얘기로 시작해서 자못 진지한 대화까지 이어 나갈 수 있는 나의 변화가 신기하기도 했고 또 뿌듯하기도 했다. 기간 내에 회원권을 같은 가격에 연장하라며 피트니스 센터의 친절한 문자가 도착했다. 회사 건물 내에 있어서 상당한 가격 혜택을 받고 다니는 곳이라 근처에 이만큼 싼 곳을 구하기도 어려웠고, 무엇보다 회사 같은 건물 내에 있어 어차피 출근만 하면 날씨와 관계없이 운동하는 곳까지 가는 수고로움도 덜 수 있었다. 앞뒤 재볼 것도 없이 이건 무조건 등록해야 하는 나의 유일한 취미이자 생존 전략이었다. 그런데 하지 못했다.

회사는 어려운 강을 건너야 하는 시기에 놓여 있었다. 강의 흐름이 좋지 못했다. 노 젓는 뱃사공의 역할을 할 사람들이 한둘씩 빠지기 시작했다. 여전히 이렇게 가는 게 맞는지 헷갈리면서도 노를 젓는 사람 중의 하나인 나는 빠지는 사람들로 인해 증가한 노의 무게를 온몸으로 느끼고 있었다. 노의 무게는 다양한 방식으로 나를 압박했는데 대표적으로 업무 시간의 증가였다. 커피를 거의 마시지 않던 내가 수많은 회의로 인해 커피를 대여섯 잔씩 마시게 되었다. 업무 시간이 대부분 회의로 채워지면, 실질적인 업무는 퇴근 후 남아서 해야 하는 일이 된다. 그나마도 늦은 퇴근 후에는 세 아이에게 "엄마가 요즘 좀 바빠!"와 더불어 노트북 앞에 앉아 입으로만 아이들을 보는 영혼 없는 엄마가 되었다. 그러니 식사 시간을 쪼개고, 일찍 출근해서 밀린 업무를 하는 게 아이들이 잠들기 전 퇴근할 수 있는 유일한 방법이었다.

운동은 우선순위에서 밀렸다. 이렇게 엉망진창인 분위기에서 점심시간에 운동하러 나갔다 온다고 말하기도 민망한 상황이니 어쩔 수 없다고 말하며 락커에서 짐을 뺐다. 헬스장 운동화, 샤워용품 등등. 그간 고마웠고 잘 지내시라는 인사와 더불어 다시 오겠다는, 언제 지킬 수 있을지 모를 약속을 했다. 윈터의 사용만료일도 비슷한 즈음이라 우리는 씁쓸한 표정으로 만났다. "그래, 잘 됐어. 회사가 여기에 계속 있을지, 없을지도 모를 일이잖아."

"우리 말고도 우리 회사에서 여기 다니는 사람들 많이 그만두나 봐."

우리는 운동을 그만둬야 하는 합리적인 이유를 필사적으로 찾으려는 것처럼 씁쓸한 대화를 이어 나갔다. 운동을 그만둬야 하는 합리적인 이유 따윈 없다. 비합리적인 상황과 핑계만 있을 뿐이지. 내 심신의 건강을 담보로 할 만큼 소중한 회사는 없다.

회사가 건강을 지켜 주나요?

그리고 흐른 1년, 전력투구해서 일했음에도 회사는 더 나빠졌다. 윈터와 나는 "그냥 다닐 걸 그랬나 봐."라는 말을 종종 했다. 그냥 다닐 수 없는 일정이라는 것을 알면서도 습관적으로 아쉬움의 말들이 쏟아졌다. 그리고 회사 건물 엘리베이터 앞에서 그 피트니스 센터는 임대료가 밀려 결국 나가게 되었다는 공지를 보았다. 그게 꼭 우리 회사의 모습 같기도, 나의 모습 같기도 했다. 그 건물 내에 가장 큰 부분을 차지하는 우리 회사의 상황이 어려워지자 그 회사의 구성원들이 물밀듯이 빠져나가고, 그나마 남아 있는 직원들도 쪼들리다 보니 피트니스 센터 이용객이 줄어드는 건 지극히 당연한 연쇄작용일 것이다. 피트니스 센터뿐 아니라 회사 주변의 음식점, 커피전문점 등도 그런 식으로 줄줄이 폐업하기 시작했다. 큰 회사 하나가 망가지면 주변의 상권이 어떻게 무너지는지, 실시간으로 목격하는 일은 속상함을 넘어 두려움이다.

운동을 관두고 불어난 몸무게를 보며 생각한다. 유일하게 찾은 삶의 재미를 포기하고 갈아 넣을 만큼 이 회사의 일이 대단했나? 아이들을 돌볼 수 있는 체력을 키워주는 시간까지 포기해 가며 한 일이 성공적이었나? 그래서 나는 회사도 가정도 안정적으로 잘 돌보고 있는 사람인가? 운동 외에 회사와 가정의 스트레스 돌파구를 찾아냈나? 어느 것 하나 고개를 끄덕일 수 없다.

"엄마, 나 크면 이 운동복 줘." 오랫동안 옷장에 처박혀 기능을 잃은 화려한 색감의 운동복을 보고 막내가 말한다. "넌 더 예쁜 것 입어야지."라며 얼른 정리했지만, 덧붙였다.

"내가 다시 열심히 운동해서 '빵꾸'나도록 입을 거거든!"

퇴직을 희망하십니까?

by 윈터

희망퇴직을 시행합니다

새 대표가 온 후 구조조정의 압박이 심했다는 이야기가 퍼졌다. 구체적인 조직원의 숫자가 사내를 떠돌았다. 출처는 알 수 없었다. 회사가 재단화 이전의 규모로 축소를 생각하기에 그 정도의 숫자일 것이라는 이야기부터 특정 집단의 숫자를 뺀 수라는 이야기까지. 그야말로 가짜 뉴스가 판치는 회사가 되었다. 그러던 중 회사는 희망퇴직 시행을 발표했다.

미디어 업계의 찬바람은 예고되어 있었다. 잘나가는 미디어 회사에서도 대규모의 인사와 희망퇴직이 있다는 이야기를 들었다. 바로 옆 방송사에서 근무하는 지인도 30대 후반의 젊은 나이에 희망퇴직을 신청했다는 소식을 전해 주었었다. 우리 회사의 찬바람은 미디어 업계의 찬바람과는 결이 달랐다. 그러나 그 결과는 더욱 처참했다.

희망퇴직 시행 발표 후 먼저 손을 든 것은 나이 어린 후배들이었다. 한참 일을 배우고 활기차게 일해야 할 나이에 희망퇴직이라니! 누구보다 회사를 애정하고 열정을 다해서 일했던 친구들이었다. 회사에서 활기를 담당했던 인물들이 점점 사라져갔다. 서서히 회사는 황폐해져 갔다.

나는 쉽게 희망퇴직을 하겠다고 결정하지 못했다. 남아 있는 구성원 개개인의 사정과 생각이 다를 수 있다. 회사에 대한 애정이 남다를 수 있고, 지금의 직무에 대한 집착이 있을 수 있다. 혹은 방송이 돌아가기 위해서는 꼭 필요한 필수 인력일 수 있다. 나는 회사에 대한 애정도 있고 걱정도 있다. 하지만 가장 큰 이유는 아이였다.

애 딸린 40대 여성을 받아 줄 수 있는 곳이 어디 있을까? 게다가 한 명도 아니고 세 명씩이나. 변수를 달고 있는 첫째까지! 요즘 개인정보는 묻지 않는 블라인드 취업시장이라고 하지만 나에게 아이들과 함께할 수 있는 시간이 확보되어야 하는 근무조건은 필수적인 상황이었다. 하지만 나의 근무조건이 사기업이 반길 수 있는 것인가? 있는 사람들도 나가라고 등 떠미는 세상이다. 묻지도 따지지도 않고 열정을 다해 회사에 목숨 바쳐 일할 수 있는 젊고 똑똑한 사람들이 넘치는 세상이다. 나는 분명 취업 취약계층임이 확실했다.

"윈터, 우리 팟캐스트 할래요?"

우울함이 팽배하던 어느 날 썸머가 재미있는 제안을 하나 했다.

언제나 카메라, 마이크 뒤에 서 있던 사람에게는 낯설면서도 친근한 제안이었다.

"팟캐스트? 재미있겠다. 주제가 뭐예요?"

나의 질문에 썸머는 싱글싱글 웃으며 자못 진지하게 말을 붙였다.

"'딸 셋, 아들 셋'이요. 우리 어텀도 같이 해 보면 어떨까요? 라디오 PD니까."

생경하기만 한 그 제안이 나에게 빛이 되는 순간이었다. 생각해 보면 썸머는 늘 나에게 활기를 안겨주었다. 참으로 감사한 동료다.

최근에 대기업으로 이직한 대학교 후배와 통화하는데 후배가 이런 말을 했었다.

"언니, 지금은 나만의 콘텐츠가 필요한 시대인 거 같아. 회사는 껍데기일 뿐이야."

이직에 성공했으나 이직이 의미 없다는 그녀의 말이 참으로 와 닿았던 요즘이었다.

'그래, 나의 콘텐츠는 아이들 아닌가.'

망설일 새도 없이 나는 썸머의 제안에 흔쾌히 응했다.

동시에 난 브런치 사이트에 글을 쓰기 시작했다. 방송과는 전혀 관계가 없는, 아이들의 육아에 관련된 이야기다. 글을 쓰고 있는 그 시간에는 잠시 현재를 잊고 그 상황에 몰두할 수 있었다. 주중에 하루 요일을 정하고 꼭 그날은 글을 써서 올리기로 스스로 마감일을 정했다. 글을 미처 쓰지 못한 날은 밤에 아이들을 재우고 누워서라도 핸드폰에 끄적였다. 나는 마음을 그렇게 단련하며 하루하루 버티고 있었다. 그러던 어느 날 나의 동기 같은 친한 동료에게 연락이 왔다. "나랑 점심 먹자!"

떠나는 마음, 보내는 마음

회사에 다니면서 마음을 터놓고 지낼 수 있는 사람을 만난다는 것은 참으로 행운이다. 나에겐 썸머, 어텀 그리고 그녀가 있었다. 개인의 일이든 회사의 일이든 허물없이 상의하고 나의 모습을 모두 보여 주어도 괜찮을 친구였다. 그녀는 색안경을 끼지 않았다. 그녀도 나에게 시시콜콜한 이야기를 하고 기꺼이 본인을 꾸미지 않고 보여 주었다. 그렇게 20대 후반에 만나 고등학교 여학생들처럼 함께 편의점에서 라면을 먹고, 맥주를 들이켜던 우리는 회사에서 10여 년의 세월을 함께 보냈다. 나의 결혼식 부케도 그녀가 받았었다. 나이도 비슷했고, 내가 결혼하고 난 다음 해에 그녀도 결혼했으니 통하는 부분도 많았다. 지금은 다른 부서에 있어 매일 보지 못하기에 그녀와의 점심 약속은 늘 즐거운 약속이었다. 그러나 그날의 점심 먹자는 연락은 조금 달랐다.

"나 희망퇴직하려고…."

"뭐?"

그녀의 말에 난 망치로 뒤통수를 얻어맞은 것처럼 얼얼했다.

"이직하려는 회사는 있어?"

"응. 아직 날짜가 확정된 건 아니고 고민은 되는데, 가 볼까 해."

그녀의 회사에 대한 애정은 남달랐다. 나는 그 마음을 알고 있었다. 그녀를 마지막까지 붙잡고 있는 것은 그 '애사심'이었다. 그녀가 그 끈을 놓고 이제 가려 한다는 사실이 참으로 마음이 아팠다. 퇴직을 희망하는 그녀이지만 사실은 희망하고 싶지 않은 퇴직이었다.

며칠 뒤 그녀가 사직서를 썼다. 나는 마지막 날 그녀를 위해 꽃 한 다발을 샀다. 그리고 회사 메일로 편지를 썼다. 그녀의 마지막 회사 이메일 도메인. 곧 사라질 도메인이었다. 사라져 버리면 그 안의 많은 역사도 한 줌의 먼지처럼 사라져 버릴 것들이었다.

입사할 때는 서류가 한 뭉치였는데 퇴사할 때는 달랑 종이 한 장이더라는 그녀의 말이 귀에 맴돌았다. 그렇게 떠날 때는 내가 그 어느 곳에서도 있지 않았던 것처럼 홀연히 떠난다. 그 빈자리가 더욱 크게 느껴지는 건 역시 남은 사람들이다. 퇴직을 희망하십니까? 난 그 누구의 퇴직도 희망하지 않는다.

비상대책TF,
우리집의 비상은 누가 처리하나요?

by 썸머

비상, 비상, 비상! 회사의 비상선언!

회사가 걷는 걸음걸음이 매번 '사상 초유'의 일이 되고 있었다. 공공기관
의 틀을 쓴 방송사 직원답게 순한 양처럼 살던 사람들은 매서운 세파에 하
나둘씩 지고 말았다. 회사는 경제적으로도 긴축정책을 써야 했지만 정치
적 줄타기에도 승부수를 던져야만 했다. 10년 넘게 이 회사에서 몸담고 있
으면서도 한 번도 상상해 보지 못한 일이 매일매일 벌어지는 현장에서 끝
까지 버티고자 했던 대표도 결국 사직하고 말았다. 물론 사직 전에 회사의
비상 상황을 해결했으면 하는 마음으로 비상대책TF를 꾸렸는데, 해당 TF
를 총괄해야 하는 사람이 바로 나였다.

아무도 해 보지 못한 길을 가야 하는데 어딜 봐서 내가 진취적인 사람으로 보였을까? 나처럼 안정 추구형 인물에게 걸맞지 않은 자리가 주어진 것이다. 이미 회사의 기울어짐이 한두 사람의 방향 전환으로 해결될 수 있는 상황이 아니었다. 어디서부터 꼬였는지 원인을 따지고 들면 한도 끝도 없었다. 소위 말하는 '망조'는 곳곳에서 노출되고 있었다. 망할 놈의 집구석은 망할만한 이유가 분명하다는 것을 새삼 깨닫는 순간들이 잦아졌다. 남의 회사라면 신랄하게 비판할 만한 것들이 내 회사라는 이유만으로 가슴을 콕콕 찔러왔다. 하지만 불평만 하고 있기에 상황이 너무 급했다. 인사는 명령이고, 회사는 굳이 나에게 의사를 물어가며 인사 명령을 낼 필요는 없다. 마음에 안 들면 내가 떠나면 그뿐이다. 떠나지 않겠다면, 해야 할 일이고, 이왕 할 거라면 잘해야 하는 일이다. 그리고 내 일상은 급속도로 흐트러졌다.

회사 내의 업무가 고강도를 찍었다. 업무량도, 난도도, 부담도, 스트레스도, 중요성도. 갑자기 흰머리가 팍 늘었다. 하루하루가 다르게 하얘졌다. 한두 가닥이 아니라 이제 어느 쪽 가르마를 타건 하얀 머리는 숨길 수 없을 지경에 놓였다. 아직 막내가 어린데, 머리카락이 이럴 일인가? 즐겁게 하던 운동도 그만뒀다. 아침도 없고, 점심도 없고, 그냥 일만 있는 삶이었다. 집은 하숙집 같았다. 난 잠만 자러 집에 들어가는 사람이었다. 아이들이 자는 시간에 들어가는 날이 늘었고, 아이들이 일어나기 전에 나오는 날이 늘었다.

아이 셋을 키우는 동안 온전히 기다려 준 회사에 대한 최소한의 신의다. 이 순간에 제일 피하고 싶은 업무긴 하지만, 이번에 그냥 내 차례가 왔을 뿐이라고. 육아휴직도, 출산휴가도 아낌없이 쓸 수 있도록 배려해 준 회사가 이번엔 내가 필요하다고 하니 나는 이 일을 해야만 한다고. 아이 셋이라는 핑계로, 애 엄마라는 핑계로 이 자리를 물린다면 훗날 이 회사가 정상이 되었을 때 수많은 여자 후배, 혹은 동료 워킹맘들에게 안 좋은 사례가 될지도 모른다고…. 이성적으로는 차곡차곡 정리한 열심히 일해야 하는 이유였다. 다만 집중해서 일하는 이 시기에 가족들이 버텨줄 수 있을지는 걱정이 되곤 했다.

그래서 열이 40도를 찍어도 출근했다. 마약쟁이처럼 손을 달달 떨면서도 모니터 앞에 앉아 키보드를 두드렸다. 화장실에서 구토를 여러 차례 반복하면서도 조퇴하지 않았다. 회사가 자랑하는 '일과 가정 양립'을 위한 매일 2시간 근로 단축 휴가도 중단했다. 책상에 커피를 마신 컵, 초콜릿 껍질, 젤리 봉지 등이 나뒹구는 날들이 매일 반복됐다. 그런데도 블라인드 앱에서 욕을 먹고, 엉뚱한 이야기로 공격받는 일은 종종 벌어지곤 했다. 이 회사에는 어텀과 윈터 같은 동료만 있는 게 아니었다. 지고 싶지 않은 나와 매 순간 지고 있는 나 사이에서 회사는 점점 더 어려워지고 있었다.

비상, 비상, 비상! 우리 집도 비상선언!

그리고 나도 모르는 사이, 아이들도 어려워지고 있었다. 아이들이 필요한 순간에 엄마가 자리에 없었기 때문이다. 내가 회사에서 맡은 바 임무를 피하지 않고 최선을 다할 때, 그건 아이들의 희생을 기반으로 한 일이라는 것을 겪어 보고 나서야 알았다. 당장 아이들이 돌아가면서 아픈 날들이 반복됐다.

"엄마, 나 아파."라고 말하는 딸의 전화에 "회의 중이야. 할머니한테 전화해."라고 말하는 차가운 엄마.

"엄마, 오늘 언제 와?"라는 물음에 "내가 회사에 놀러가니?"라고 날 세우는 엄마.

"엄마, 우리도 놀러 가면 안 돼?"라는 부탁에 "그럼 엄마 회사 관두고 천년만년 놀러 다니자 그래!"라고 쏘아 대는 형편없는 엄마. 그게 나였다.

불안한 예감은 틀린 적이 없지, 아이들은 돌아가면서 아팠다.

회사가 비상선언을 하고 '인사'라는 명령체계를 통해 날 알차게 빼먹는 동안 아이들의 비상사태는 누구도 해결해 주지 않았다. 나는 명령이 아닌 부탁을 해야 하는 처지였고, 부탁은 공허했다. 명백히 노인의 범주에 든 친정엄마가 아픈 허리를 부여잡고 열이 나거나, 배가 아프거나, 콧물이 나거나, 목이 아픈 아이들을 병원에 데리고 다녔다. 누가 병원에 더 먼저 가야 하는 게 맞을지 고민이 되는 두 약자 집단, 노인과 어린이는 집안의 성인을 회사에 헌납한 것 같은 생활을 계속했다. 회사의 인사 명령에 최선을 다할 수 있게, 부모의 긴급 호출에 복지정책이 화답할 수 있는 시스템이 있었으면 좋겠다.

나도 열이 나고, 아이도 열이 나고, 집안 전체가 열이 펄펄 끓던 어느 날, 출근해 입으로 약을 탈탈 털어 넣으며 "영화처럼 말이에요, 그냥 아이 낳고 나면 국가가 탁아소에 아이를 데리고 가서 20살 넘어 만나는 시스템도 괜찮을 것 같아요."라고 말했다. 대부분 경악스러운 표정으로 '쟤 매우 힘들구나…'하는 분위기였는데, 주변 워킹맘들의 눈빛이 빛났던 순간을 나는 보았다.

가끔 저출산 대책 관련 뉴스 꼭지나 공익광고, 캠페인 등이 들릴 때마다 심술이 났다. 내 꼴을 보고 누가 아이를 낳고 싶겠냐고. 이미 아이를 낳고 사는 사람들의 숨통을 좀 트이게 해 줘야 그걸 보고 다음 세대도 아이를 낳지 않겠냐고.

3-10

세 딸에게 다짐:
너희가 회사를 구하게 하리라

by 썸머

기장이 없는 비행기를 착륙시키라고요?

그런데 관제탑에도 사람이 없어요?

　대표 없는 회사의 비상대책TF를 총괄하는 자리는 무겁고 억울했다. 대책이 없는 상황에서 대책을 세워야 하는데, 심지어 그 대책을 실행할지 말지 결정해 줄 대표는 없다. 지금까지 학교나 사회에서 배워온 경험들로 이 난관을 헤쳐 나갈 수 있을까? 회사에 남겨진 예산은 거의 동나고 있었다. 이미 긴축 재정을 시행한 지 1년이 넘었지만, 그보다 강도 높은 긴축이 필요한 시기였고, 그걸 떠나 회사의 존폐를 결정해야만 하는 시간도 오고 있었다. 그런데 그 단계별 결정의 총책임자가 떠났다.

총책임자를 다시 임명해야 하는 기관의 입장도 난감했다. 폐지조례안 시행일은 하루하루 다가오고 있었고, 그 조례를 막거나 미룰 수 있는 카드도 이미 다 쓴 듯했다. 문제는 세상은 우리에게 관심이 없었다. 미디어가 넘쳐나는 시대에 채널 하나 정도 없어진다고 무슨 문제가 될까? 우리를 지지하는 목소리는 힘없이 무너져 내렸다. 지금은 조직에 대한 신의로 버텨야 한다고 스스로 되뇌던 나도 흔들리기 시작했다.

'지금 내가 뭘 하는 거지?'

하지만 겉으로는 뭘 하고 있는지 모르겠다는 표정이나, 확신이 없다는 투의 말이나, 장래가 암담하다는 식의 이야기는 금지된 것만 같았다. 나는 희망에 차서 다시 한번 힘내 보자고 영차영차 해야 하는 역할을 맡았다. 생존의 가능성이 거의 없지만, 지금 당장 죽일 수 없어 환자를 데리고 수술실로 들어가는 의사의 입장이 이런 걸까? 의사의 그 일은 숭고하기라도 하지, 나는 대체 무엇을 위해서 이 일을 한단 말인가?

너희가 회사를 구하게 하리라

비상대책은 회사에만 필요한 것이 아니었다. 이미 떠난 대표와 수없이 발을 맞추며 1년 남짓 달려오지 않았나. 집에서는 "엄마가 지금은 좀 바쁘고 나중에 하자."는 '뻥카'를 수십 번 날린 상태. 아이들에게 진 채무가 납기일을 맞춰 오고 있었다.

아이들은 엄마와 아빠의 정성으로 자란다. 그 정성 안에는 수많은 요소가 포함되어 있지만 그 모든 요소를 충족시키기 위해서는 절대적인 '시간'이 필요하다. 엄마와 아빠가 옆에서 지켜봐 주고, 함께해 주고, 기다려주는 그 모든 것들이 시간을 기본으로 소요하는 작업이다. 하루 24시간 중 수면시간 6시간을 제외하면 18시간이 남는다. 그중에 9시간을 업무 시간, 사람에 따라 다르겠지만 출퇴근 시간을 최소 1시간으로 잡더라도 8시간이다. 8시간 중 최소한의 세면 시간 30분, 최소한의 가사시간 1시간, 최소한의 식사 시간 1시간을 잡더라도 남는 시간은 5시간 30분이다. 아이들은 나보다 최소한 2시간은 더 자기 때문에 아이들 수면시간을 제외하고 아이와 온전히 쓰는 시간을 따지면 3시간 30분이다. 세 아이에게 골고루 나눠준다고 해도 한 아이당 1시간 10분이다. 그나마도 아이에게 최대한 많은 시간을 쓸 수 있도록 시간 배분을 했을 때 가능한 일정이다. 여기서 숙제를 봐주는 시간, 학원 라이드의 시간 등을 빼면 온전히 눈 맞추고 대화할 수 있는 시간은 30분도 안 된다. 그나마 30분이라도 매일 차곡차곡 적립할 수 있으면 가정 내 아이와 나의 관계는 무너지지 않는다. 하지만 복직 후 나의 삶을 돌아보면 아이와의 시간 통장 개념에서 적립은 커녕 마이너스를 기록하고 있지 않았나? 그런데 더 강도 높은 마이너스를 예고하는 회사 업무라니! 가정에서도 비상대책이 필요했다. 아이들에게 이 상황을 설명하기가 어려웠지만 딱히 다른 방법이 있는 것도 아니었다.

"지금까지 엄마가 너무 바빴지? 최선을 다하고 있는데, 회사가 여전히 바쁘게 돌아가네. 엄마도 좀 힘들긴 한데, 그래도 아직은 회사를 관두고 싶지는 않거든? 그래서 너희랑 같이 뭘 하자는 약속을 그때그때 지키긴 좀 어려울지도 몰라. 너희가 모두 잠들었을 때 들어오는 날도 많을 것 같고."

차분하게 설명하려고 했지만 말할 때 눈물이 차올랐다.

세 아이를 앉혀놓고 이런 말을 하는 상황도 불편했지만, 이런 얘기를 이해하기엔 쌍둥이는 어리고 막내는 더 어렸다.

"분명한 건, 엄마는 너희가 제일 소중해. 너희랑 잘 살려고 회사도 다니는 건데, 너희가 견디기 어렵다고 하면 엄마는 너희를 선택할 거니까 꼭 말해 줘."

말하고자 하는 핵심은 여기에 있었다. 그리고 다짐 같은 것이기도 했다. 본말이 전도되는 일은 없어야 하니까, 바쁘지만 놓치면 안 되는 것이 있으니까.

"아냐, 엄마. 난 일하는 엄마 좋아. 기다릴게." 첫째가 제법 어른스럽게 말했다.

아무도 가르치지 않았는데 유전자에 K-장녀 유전자가 탑재된 것이 아닐까 싶은 아이가 또 K-장녀 같은 말을 해서 울컥했다.

"돈 버는 엄마가 좋은 거라고 ㅇㅇ이가 그러더라?" 둘째가 유머를 한 스푼 추가했다. 역시 현실적이다.

"엄마, 회사 친구들이랑 싸우지 말고 잘 놀다 와." 역시 막내가 이해하기엔 어려운 얘기였다.

막내 덕분에 깔깔 웃고 정리된 하루. 아이들의 배려로 나는 회사의 비상
대책 업무를 계속 담당했다. 비상대책 업무가 성공적으로 이뤄져서 회사
가 살아나게 된다면, 이건 온전히 우리 세 아이 덕분이다. 너희가 회사를
구하게 하리라. 주먹 불끈 쥐고 회사로 뛰어가는 힘찬 이유가 되어 줘서
진심으로 고맙다.

Part 4

각자가 만들어 갈
새로운 사계절을 꿈꾸며

이혼, 그리고 남겨진 관계의 숙제

by 어텀

각자의 길을 찾아서

결혼 7년 차에 별거를 시작했다. 아이와 아내는 다른 곳에서 새로운 일상을 시작했고, 나는 텅 빈 집에서 과거의 흔적과 함께 시간을 보내야 했다. 이혼소송은 매우 고통스러웠지만 서로의 행복을 위해 필요한 과정일지도 모른다고 스스로를 위로하며 하루하루를 버텨냈다. 하지만 나의 기대와는 달리 아버지의 부고, 희망퇴직, 결국 이혼 확정이란 연이은 폭풍들은 내게 아무것도 남김없이 모조리 앗아가 버렸다. 한동안은 숨조차 쉬기 어려웠다. 유일하게 기댈 수 있었던 것은 '봄'에 대한 사랑이었다.

이혼은 무거운 주제다. 개인의 선택이 아닌 실패나 비난의 대상으로 여겨지기 쉽다. "누구의 잘못이었냐?"는 질문은 책임을 가르고 싶어 하는 마음에서 비롯되지만, 이혼은 단순히 한 사람의 잘못이 아니다. 두 사람이 서로의 차이를 이해하지 못하고, 그 틈을 메우지 못한 결과일 수 있다. 우리는 각자의 상처와 욕구를 안고 관계 속에서 살아간다. 그 관계가 지속되려면 끊임없는 노력과 이해가 필요하다. 하지만 그 모든 시도에도 불구하고 함께할 수 없는 순간이 온다. 아내와 나는 서로 다른 삶의 속도와 방향을 가지고 있었고, 그 차이는 시간이 흐를수록 깊어져 간 것이다.

아빠라는 이름으로

누가 "폭풍이 지나간 후에 삶을 모색하는 게 인간적이라 했나?" 나는 이혼을 단순히 실패라고 여기지 않기로 했다. 더 나은 삶을 찾아가는 기회로 받아들이기로 했다. 이혼의 과정은 단순한 법적 절차가 아니었다. 내면의 치유와 성장을 위한 여정이었다. 때로는 고통스러운 자기성찰의 시간이기도 했지만, 동시에 내 삶의 새로운 가능성을 발견하는 순간들이기도 했다. 그 과정에서 깨달은 건, 아이에 대한 사랑과 책임감, 그것이 내가 붙잡고 있는 유일한 확신이라는 점이었다. 웃는 모습이 예쁜 '봄'은 내게 버팀목이 되어 주었다. 비록 옆에 매일 있어 주지 못하지만, 아빠의 역할을 어떻게 해야 할지 깊이 고민했다. 격주로 아이를 만나고, 가끔은 학교 행사에 참석하며, 아이의 삶에서 내가 완전히 사라지지 않았음을 증명하려 애썼다.

아이가 변함없이 자신을 지지해 주는 아빠의 모습에서 정서적 안정감을 느끼길 소망했다. 그리고 언젠가 '봄'에게 이혼을 직접적으로 이야기해야 하는 때가 도래한다면, 나는 이혼이라는 현실을 부정적으로만 받아들이지 않도록 도와주고 싶다. '봄'이 물어볼 어떠한 질문에도 부끄럽지 않고 솔직하게 답할 준비가 되어 있다. 절망의 끝자락에서 깨달음의 순간이 찾아올 수 있음을 말해 주고 싶다. 비록 가족의 형태가 바뀌었지만, 삶의 의미가 사라진 것은 아니라고 진심을 담아 전하고 싶다.

편견을 넘어

대한민국에서 이혼은 낙인처럼 여겨지는 듯하다. 바뀐 듯하지만, 여전히 이혼 이슈에는 사람들이 멈칫하거나 어색한 위로를 하고자 한다. 하지만 나는 그 시선을 정면으로 마주하며, 이혼을 통해서도 성장할 수 있음을 보여 주고 싶다. 자신을 돌아보고, 간과했던 내면의 목소리에 귀 기울이는 과정에서, 나는 더 나은 사람이 되어가고 있다. 이 모든 경험을 통해 아이를 변함없이 사랑하고, 책임을 다하는 아빠로 성장하고 싶다. 거대한 폭풍이 지나간 뒤, 새로운 생명이 돋아나듯. 다시 피어날 봄을 기대한다.

알을 깨고 나가면 새 세상이 있을까?

by 윈터

'학생'이라는 세상에 진입하는 첫째 '봄'

품 안에만 있던 아이가 학교에 간다. 학교 배정 통지표가 날아온 것을 보니 이제야 '학부모가 되는구나!' 하고 실감이 났다. 어느 날엔가 사진첩에서 보았던 사진 한 장이 불현듯 생각났다. 나의 초등학교 입학식, 큰 현수막 아래 학년과 반을 안내하는 팻말 앞에서 어색한 듯 찡그린 표정으로 빨간색 코트를 입고 있던 나, 그리고 허리를 숙여 나를 안아 주고 계시던 엄마의 모습이 담긴 사진이었다. 까마득하던 그 시간이 지나 어느새 난 그 시절의 부모님 나이가 되었다. 감회가 새롭다는 말이 절로 나왔다.

그러나 마냥 감동적이지 않았다. 한편으로는 예민해졌다. 첫째가 느린

퇴근 후 봄이 옵니다

아이기 때문이었다. 학교는 내 손이 미치지 않는 곳이다. 스스로 해내야 할 일이 갑자기 많이 생긴다. 썸머에게 초등학교 1학년 엄마의 삶에 대해서는 익히 들어 알고 있었지만 나는 추가적인 고민이 더 많을 수밖에 없었다. 학교에서 제대로 앉아서 교사의 말을 들을 것인지, 화장실은 잘 찾아다닐 것인지, 제대로 급식을 할 수 있을지, 나의 고민은 교문 앞부터 시작해 꼬리의 꼬리를 물고 이어졌다. 학교 가기 전 준비해 둬야 할 일이 많았다. 느리다고 해서 학습에 손을 놓고 있을 수도 없다. 글자 쓰기며 수학이며 해야 할 일이 산더미였다. 매일이 아이를 다그치는 하루하루였다.

회사는 지난해 말 폐지조례안 시행일을 앞두고 극적으로 5개월 지원 연장을 받아 내며 한시름 놓는 분위기였다. 봄이 되자 모두의 마음에 희망이 싹트기 시작하듯, 그렇게 할 수 있다는 의지들을 불태우고 있었다. 하지만 나는 아이 일로 한시름을 더 얹어가고 있었다. 특단의 조치가 필요했다.

회사에서는 10년 이상 재직한 사람에게 '장기재직휴가'를 준다. 희망퇴직을 하라며 등 떠미는 세상에 장기재직자에게는 휴가나 포상으로 격려를 하는 이 상황이 아이러니하고 웃기긴 했다. 길지는 않았다. 고작해야 10일. 나는 첫째 '봄'을 위해 알뜰살뜰하게 그 휴가를 사용하기로 했다. 가족 돌봄 휴가에 연차의 반 이상을 끌어다 쓰고 장기재직휴가를 붙여 근 한 달가량의 휴식 시간을 계획하였다. 바로 아이의 등교 날부터 시작되는 휴가였다. 휴가지만 휴가는 아니다. 1시면 하교할 아이를 받아 학원을 보내고 학교 숙제를 시키고 그렇게 적응시킬 최소한의 시간이었다. 한 달은 길지만 아이에게는 짧은 시간이다. 육아휴직도 생각했지만 아직은 남겨두기로 했다. 그렇게 계획을 짜고 있던 날 어텀이 차를 마시자고 하였다.

희망을 찾아 새로운 세계로 향하는 '어텀'

"저 희망퇴직하려고요."

왜 불길한 예감은 틀리지 않는가? 친한 동료의 두 번째 희망퇴직이었다.

"왜요? 조금 더 버텨 봐요."

"그냥 제가 더 있기 힘들어서요."

어텀은 감성이 예민한 사람이다. 사람들이 떠나가고 회사에 여러 가지 이야기가 돌고, 서로를 힐난하는 이러한 상황들이 견디기 힘들었으리라. 거기에 어텀의 가정사가 더해져 아마 그는 제대로 출근하는 것조차 힘들었을 것이다. 그 마음을 모르는 게 아니었다. 하지만 내 코가 석 자인지라 그의 이야기를 많이 들어주지 못했다.

"저도 3월부터 한 달 정도 쉬어요."

"아, 첫째 학교 때문에 그런다고 했었죠? 썸머가 외롭겠네요."

썸머는 연초에 발족한 TF에 장으로 참여하게 되었다. 회사를 살리기 위한 여러 가지 방안들을 짜고 사람들을 만나는 일을 했다. 매우 바빴다. 그녀가 그렇게 사랑하는 운동조차 하지 못하게 되는 시간이었다. 점심을 거르는 일은 부지기수였다. 지금 이렇게 소진해 버리려고 그동안 열심히 쌓아온 체력이 아닐 터였지만 그녀는 그렇게 하루하루를 불태웠다. 말로 하진 못했지만, 우리 둘은 그녀가 걱정되었다. 바쁘고 힘들수록 마음은 점점 더 공허하고 피폐해진다. 점점 생기가 없어지는 그녀의 표정이 그것을 방증하고 있었다.

"우리 점심 식사해요. 셋이 같이." 짧게 인사를 하고 어텀과 헤어졌다.

아이는 곧 알을 깨고 나와 학교라는 곳으로 간다. 어텀도 회사라는 알에서 새로운 세계를 향해 떠난다. 하지만 회사는 비상경영이라는 알을 깨고 나오면 펼쳐질 세상이 있을지 의문이다. 어쩌면 초등학교를 졸업하면 중학교에 가고, 중학교를 졸업하면 고등학교에 가던 그 시절이 나은 것일 수 있다는 생각이 들었다. 다음에 대한 답이 있으니 말이다. 착실하게 준비만 하면 될 일이니…. 회사는 이러한 답도 없이 알을 깨기는커녕 점점 더 알 속으로 들어가는 것 같았다. 사방에서 조여 오는 답답함만 가득했다.

마침표 그리고 새로운 시작

by 어텀

어렵게 찍은 마침표

한동안 단 하루도 평범하게 지나가지 않았다. 아버지를 떠나보냈고, 아내와 아이와의 관계는 회복되지 못한 채 이별을 향해 달려갔다. 그리고 내 삶의 큰 축이었던 직장에서 희망퇴직을 선택했다. 무기력에 빠진 나는 아무것도 하고 싶지 않았다. 할 수 없었다. 회사는 이미 오래전부터 경영 위기에 시달리고 있었다. 처음엔 소문에 불과했으나, 곧 현실이 되었다. 동료들이 하나둘 퇴사하거나 전환 배치될 때만 해도, 나는 그것이 나와는 동떨어진 이야기라 생각했다. 하지만 회복될 기미가 보이지 않아, 나는 주저하지 않고 스스로 퇴사를 결정했다.

'희망퇴직' 단어 자체는 긍정적으로 들리지만, 정작 내 일이 되었을 때는 그다지 희망적이지 않았다. 나의 의지와는 달리, 이혼을 하고 아버지께서 돌아가셨을 때처럼 내 힘으로는 온전히 할 수 있는 것이 없어 무기력감과 패배감만이 밀려왔다. 특히 이혼 과정에서 경제적 출혈이 컸고, 당분간 수입이 없어 윤택한 삶을 포기해야 했다.

아이를 향한 그리움과 공허함에 더해, 이제는 직장인이란 정체성마저 잃어버렸다. 하지만 문득 이런 생각이 들었다. "마침표를 찍었으니 새로운 이야기를 쓰는 것은 어떨까?"

'삶은 즉흥의 연속이며, 길이 막히면 다른 길을 찾아 나서는 용기가 필요하다'는 누군가의 말이 이제야 가슴에 와닿았다.

좋은 아빠의 새로운 길

퇴직 후 사라진 일상은 내게 불안을 가져왔고, 스스로 쓸모없다는 생각이 나를 괴롭혔다. 용기를 내어 직면한 현실에 담담히 마주하며, 내면의 목소리에 귀 기울이니, 오랫동안 멈추지 않고 달려와 지친 내 모습을 보게 되었다. 결혼, 육아, 회사 업무, 그리고 공황장애까지. 나는 누구를 위해, 무엇을 위해 이토록 애써왔을까?

다른 선택을 한 아내는 차치하더라도 아이에 대한 사랑과 그리움이 다시금 떠올랐다. 아버지의 마지막 말씀처럼, 내 삶에 큰 위로가 되었던 가족의 의미를 되새겼다. 비록 지금은 함께 하지 못하지만, '봄'에게 좋은 아빠가 되고자 하는 마음만은 변함없었다. 새로운 직장이나 안정적인 수입보다, 아이와의 관계 회복이 우선이었다.

나는 '봄'과 함께하는 시간을 소중히 채워나갔다. '봄'이 좋아하는 것을 물어보고, 즐거워하는 것을 찾아가며 시간을 보냈다. 그 시간은 나를 조금씩 회복시켰다. 아이와의 만남은 내게 힘이 되었고, 새로운 삶을 계획하는 데 있어 가장 큰 동기가 되었다.

자신을 돌아보는 시간을 가졌다. 회사라는 울타리를 벗어나 새로운 가치를 탐색하기 시작했다. 책을 읽고, 글을 쓰고, 아이와의 시간을 기록하며 작은 목표들을 세웠다. 하루를 계획하는 것은 내게 일종의 의식이 되었고, 그것은 삶의 새로운 동기를 부여했다. 덕분에 전에는 몰랐던 소소한 기쁨을 발견하였다. 함께 놀이공원에 가고 추운 날씨에도 즐거워하는 '봄'의 모습에 미처 깨닫지 못했던 행복의 또 다른 모습을 발견하였다.

여전히 마음 한구석엔 미래에 대한 불안, 사회적 시선과 실패감이 자리 잡고 있다. 회사의 울타리를 벗어나 홀로 서 있다는 사실이 두렵다. 하지만 나는 더 이상 과거의 실패에 얽매이기보다, 앞으로의 가능성에 집중하려 한다. 인생의 1부를 마침표 찍었으니 새로운 주제로 2부를 써 내려가는 것은 어떨까.

셋이 모여 접시 깨는 것 대신
책을 쓰기로 했습니다

by 썸머

가족수당도 삭감된 초라한 월급명세서

회사가 기울어져 간다는 것을 체감하기는 쉽지 않다. 개인 사업을 하는 경우와 달리 월급은 늘 제때 나오기 때문이다. 뭐 하나 마음에 들게 진행되는 것 없는 회사이지만, 고맙게도 월급날엔 스쳐 지나갈 뿐인 돈을 꽂아 준다. 회사가 살아 있다는 것, 그 회사에서 나사인지 볼트인지 모를 일이지만 어쨌든 부속품의 일부로 나도 돌아가고 있다는 것을 월급날에 체감한다.

2024년의 시작과 함께 월급의 액수가 대폭 줄었다. 특히, 나처럼 대책 없는 다자녀 가정의 경우는 타격이 더 컸다. 회사가 어려워졌으니, 기본급만 지급하겠다는 원칙에 따라 각종 수당이 전액 삭감되면서, 5인 가족수당을 전액 날린 채 들어온 기본급은 초라한 모양새였다. 나는 아직 녹슨 부품이 아닌데 회사는 모든 부품을 일괄 떨이 판매 가격으로 떨어뜨리고 있었다. 밖에서는 이미 "너희 회사 기울어졌어!"라고 이야기하고 있어도 애써 눈과 귀를 닫던 사람들이 슬슬 "우리 기울어졌나 봐."라고 말하기 시작했다. 회사 분위기는 실시간으로 우울해지고 있었다. 딸 셋을 키우는 현실적인 워킹맘으로서 가족수당의 부재는 곧 "어느 학원을 먼저 끊어야 하나?"로 귀결된다. 귀여운 월급에 한 줌 위로가 되었던 수당이 사라진 월급 명세서를 보며 한탄한다.

'언제는 아이만 많이 낳으면 나라에서, 회사에서 책임지겠다더니…. 급하니까 이것부터 없애네!'

어텀이 떠난 재미없는 회사

그리고 그즈음 어텀이 회사를 떠났다. 그는 담담히 회사를 떠날 결심을 말했고, 나도 담담히 받아들이려고 했다. 윈터는 어텀이 새롭게 틀 둥지가 없는 상태에서 떠나는 것을 걱정하며 잡았지만, 난 어텀에게 휴식이 너무나도 절실해 보였기에 선뜻 잡을 용기도 나지 않았다. 잡기엔 이미 회사는 기울었고, 기다리라고 말하기엔 적신호가 군데군데 켜진 그의 건강이 우선이었다.

물론, 이 모든 표현은 꽝장히 이성적인 척하는 나의 껍질 같은 모습이고, 사실 나는 그가 떠나 내가 무너질 것이 걱정되었다. 더 이상 젊지 않은 내가, 그래서 새로운 누군가에게 관심을 둘 여력도 없는 내가, 회사와 육아 외엔 이야기 주제를 딱히 찾기도 어려운 시기에 마음을 나누는 동료를 찾는 것은 쉽지 않다. 어텀은 쉽지 않은 과정을 통해 다져온 소중한 인연이었다. 나와 어텀, 윈터는 뿔뿔이 다른 사무실로 옮겼어도 우리는 종종 점심시간이면 녹음실에 모여서 우리의 육아 이야기를 나누었다. 그리고 이야기 나눔의 시간을 헛되게 쓰지 않기 위해 녹음도 하고 팟빵으로 몇 회 내보내던 참이었다. 누군가에게는 쓸데없는 일로 보였겠지만 우리에겐 소소한 즐거움이었고, 기울어진 회사를 바라보는 참담한 심정을 이겨 내는 시간이었다. 그런데 그런 어텀이 회사를 떠난다. 종종 그가 빠진 점심시간, 윈터와 나는 이 빠진 기분으로 몇 달을 보냈다.

10년 차가 됐어도 마음은 신입사원과 다를 게 뭐람?

"우리끼리 수다 떠는 것이 아까워서 우리 팟빵한 거잖아. 그거랑 똑같이 책을 써 보는 거지!" 김빠진 회사 생활에 톡 쏘는 탄산을 들이부으려는 태세로 윈터가 말했다.

그리고 이어지는 말은 "그런데 하루 남았어!"

뜨거운 쪽은 나이고 차가운 쪽이 윈터라고 생각했는데, 윈터가 20대 대학생 시절로 돌아가서 공모전 응모하는 듯한 표정으로 해 보자고 제안했다. 방일영문화재단의 저술 지원 사업. 여태껏 선정된 사람들을 보니 우리의 뜨거운 육아 관련 에세이는 영 거리가 먼, 그러니까 가능성이 별로 보이지 않는 도전 같았다. 게다가 지원까지 하루 남았다. 윈터는 진심인 듯했다. 전화 너머로 오랜만에 듣는 어텀이 익숙한 그 웃음을 지으며 "뭐, 해보죠. 도전은 언제나 할 수 있으니까요!"라고 했다.

그때 회사 일이란 도전과 성취보다 당장 터지는 사고를 막고 최대한 끌어 보는 쪽에 가까웠기 때문에 윈터와 어텀이 말하는 도전과 새로움이란 단어는 생소하기까지 했다. 사실, 방송사에서 일하면 늘 새로운 환경에 놓일 것이라고 기대한 적이 있었다. 10년이 넘자 늘 새로움을 추구하는 것은 시청자일 뿐, 방송사 내의 대부분의 일들이 구태의연함이라는 걸 너무 잘 아는 우리는 중간 관리자급. 그런 와중에 지금의 어텀과 윈터의 모습은 왠지 신입사원 같아 귀엽기도 하고 애잔하기도 했다. 그야말로 신기한 감정이었다.

엄마가 되고 나서 쓸데없는 포인트에서 좀 과하게 모범적일 때가 있는데, 지금, 이 순간이 딱 그랬다. 훗날 "엄마가 지치고 힘들고 회사 일에 치이고 있는 데다가 쓰고자 하는 이야기의 주제가 쉽게 선정될 만한 이야기가 아니라서 도전 안 했어."라고 하기엔 부끄러울 것 같았다. 그래서 어텀, 윈터와 함께 부랴부랴 하루 전 공모에 동참하기로 했다. 늘 우리가 했던 이야기, 가끔 팟빵 녹음 때 '그 언젠가'를 단서로 달며 상상해 봤던 책 쓰기 프로젝트.

"엄마 뭐 해?"

재워줄 시간이 한참 지났음에도 마감이 몇 시간이 남지 않아 지원서 쓰기에 몰입하느라 노트북을 한참이나 두들기고 있자, 막내가 하품 섞인 목소리로 물었다.

"엄마는 벌써 꿈꿔. 얼른 코자."

성의 없는 대꾸에 막내가 한참 동안 눈을 껌벅이다 드디어 감았다. 정말로 엄마가 꿈꾸려면 네가 꼭 잠들어야 하는구나. 네가 태어나서 알게 된 세상에 관한 이야기인데, 네가 잠들어야 쓸 수 있는 이야기라니.

그래서, 다시 우리 셋

지원서를 낸 다음엔 지원했다는 사실을 잊어버리자고, 셋은 유치한 다짐도 했다. 실패했다는 사실조차 모르고 그냥 스르륵 넘어가자고. 그냥 도전의 유쾌함만 남기자고. 그렇게 마음먹는다고 해서 정말 그럴 수 있을까? 그런데 이번엔 정말로 그랬다. 여전히 힘겨운 회사에서의 시간에도 푸르른 5월은 찾아왔고, 나는 정말 까마득히 잊어버리고 있었다.

"이거 혹시 너 아니냐?"

학교 다닐 때 잘 챙겨주셨던 교수님의 메시지로 핸드폰이 울렸다.

세상에! 신문에 이름이 났다. 학술서적 사이로 육아 에세이 기획안이 선정된 것이다.

"윈터, 우리 됐대!"

나는 사무실을 나와 서둘러 윈터에게 전화했다. 윈터도 웃기지, 그녀도 정말로 도전의 의의를 두고 잊어버리자고 한 약속을 철석같이 지키고 있었다.

"뭐가 돼?"

척하면 척인 그녀가 정말로 모르겠다고 말하자 나도 모르고 소리쳤다.

"우리 책! 책! 책! 퇴근 후 봄이 옵니다!"

로딩 시간이 3초 정도 걸렸을까? 그녀가 "꺄!" 하고 지르는 소리가 핸드폰 너머로 들려왔다.

의지만 충만했던 도전, 유치한 다짐, 그리고 얼떨결의 선정 과정을 거쳐 우리는 계약서를 썼다. 셋이 함께. 광화문 한복판이 떠나가라 깔깔 웃으며. 실패밖에 없을 것 같았던 회사 일에서 살짝 벗어나, 영혼의 쳇바퀴를 굴려야 하는 육아에서 살짝 벗어나, 우리가 해냈다고. 엄마, 아빠의 역할이 힘들다고 불평하며 서로를 위로하던 시간이 모이면 이렇게 변하기도 한다고. 가끔은 이런 일에 등을 떠밀어 주는 동료가 있어서 너무 다행이라고.

2024년 유일한 도전과 성공의 시간이 5월을 가득 채웠다. 그 기쁨으로 우울한 일 년을 걱실걱실 살아 낸다.

회사 스트레스가 극강으로 치달아도

육아는 쉴 수 없으니까

by 썸머

임금체불의 경험, 월급이 0원입니다

2024년 9월, 드디어 월급명세서에 0이 찍히는 사상 초유의 일이 일어
났다.

언젠가 남편이 그랬다.

"공공기관이 망하는 건 정말 희귀한 일 아니야? 살면서 대한민국
0.000004% 안에 들어본 적 있어? 그건 흔히 경험해 볼 수 없는 일이니까
어쨌든 끝까지 버텨 봐."

위로였을까? 공감이었을까? 자기 불안에 대한 회피였을까?

남편은 적신호가 한참 전에 켜진 나의 회사에 대해 그렇게 평가했다. 그

땐 잘 몰랐는데, 적잖이 안심되었던 것 같다. 그럴 리가 없다고 생각하니까 농담이 가능한 것이겠지. 하지만 그런 일은 일어나고야 말았다. 아니, 정확히 말하면 일어난 것과 진배없는 상황이 벌어졌다.

물론 예견된 일이었다. 그리고 그 일이 벌어지지 않도록 비상대책을 마련해서 굴려보라는 게 나에게 주어진 사내 책무였으니, 난 이 일에 슬퍼하는 표정을 짓는 것도 상당히 미안한 일이었다. 엘리베이터든 복도든 지나가다 만나는 직장 동료의 눈빛이 따갑게 느껴졌다. 누군가는 내 자리로 전화해서 물어보기도 했다.

"우리 어떻게 되나요?"

물론, 다 내 책임이라고 할 수는 없을 것이다. 내 위에 나보다 더 열심히 일한 당황스러운 표정의 상사도 있었다. 어쨌든 직장인이 유일하게 보람을 느끼는 월급날에 월급을 받지 못한 하루가 지나갔다. 그리고 빈 월급봉투에 대한 조금의 책임은 느껴야 하는 자리였다. 어색한 표정을 최대한 내색하지 않고, 이 사태와 영 관련 없는 사람처럼 굴려고 노력한 하루가 지나갔다. 퇴근길 내내 목이 뻐근했다. 이따금 알 수 없는 이유로 팔에 소름이 돋았다가 버스 안내방송이 멍멍하게 들리기도 하고, 머리카락이 쭈뼛 서는 기분이 드는 길고 긴 퇴근길이었다.

닭발에 소주가 당기는 날

그런 날은 그냥 집에 오면 손도 안 씻고 누우면 좋겠다. 입맛도 없는데 아무것도 안 하고 누워 있다가 야식이나 시켜 먹으면 딱 좋겠다. 닭발에 소주면 더 좋겠다. 바글바글 끓는 곱창전골도 좋겠네. 생각 없이 보면서 낄낄거릴 수 있는 오락 프로그램이나 밤새도록 보면 좋겠다. 하면 좋을 것 같은 일은 밤새도록 말할 수 있는데, 하면 좋을 것 같은 일들을 하나도 할 수 없다는 게 지금 이 시점의 가장 큰 문제다.

회사에 폭탄이 떨어졌어도, 나는 그날 저녁 세 아이의 저녁을 차려야 하는 엄마다. 아이들에게 닭발을 먹일 수도, 곱창전골을 내어 줄 수도 없다. 소주를 같이 마시자고 할 수는 없는 노릇이다. 평일에 미디어 시청이 제한된 아이들 앞에서 오락 프로그램이나 보면서 깔깔대는 엄마일 수도 없는 것이다. 세 아이를 굳이 이 세상에 불러낸 사람도 나고, 굳이 이렇게 키우겠다고 다짐한 것도 난데, 오늘 같은 날에는 세 아이가 모두 짐처럼 느껴진다. 퇴근이 늦은 남편에 대한 원망도 이어진다. 아이는 나 혼자 키우나, 자기가 회사 일은 다 도맡아서 하나, 내 상황도 뻔히 알고 있을 텐데…. 오늘 같은 날은 적당히 좀 하고 들어오지. 괜히 열심히 일하는 그에게 화가 난다.

현실적으로 그는 나보다 더 열심히 벌어야 한다. 야근이 마땅한 상황이다. 아이 셋인 맞벌이 부부의 수입이 반토막 났다는 건, 누군가는 외벌이 가장의 부담을 오롯이 지고 가야 한다는 말이고, 현재 그는 그 역할을 하는 중이다. 게다가 나는 알뜰살뜰 살림하는 전업주부의 역할도 하지 못하고 있다. 월급은 안 나와도 회사 일은 해야 하는 상황이니까, 나는 수익이 제로인 워킹맘이다. 그래, 지금 월급이 안 나오는 건 나지, 그가 아니다. 그가 월급을 받지 말라고 한 것도 아니고, 우리 회사를 이 지경으로 만든 것도 아니다. 심지어 그는 이 상황에 대해서 나에게 그 어떤 스트레스도 주지 않았다. 그런 회사는 그만두고 집에서 애나 보라던가, 도대체 돈 안 나오는 회사에서 왜 일 하고 있냐는 자존심 상하는 말도 하지 않았다. 어쩌면 그가 할 수 있는 최선의 응원일 수도, 부부간의 신의일 수도 있다. 그럼에도 나는 그에게 제일 화가 난다. 그 이유를 정확히 말 못 하는 내게도 화가 난다.

사실은 엄마가 미안해

결국 쌍둥이들에게 말도 안 되는 신경질을 냈다. 이름을 불렀는데, 한 번에 대답하지 않았다는 이유로.

"도대체 내 말을 왜 한 번에 안 들어? 몇 번을 불러야 대답할 건데?"

아이들이 눈을 껌벅였다.

"엄마가 부르는 소리 못 들었어!"

둘째의 볼멘소리가 연달아 터졌고…. 나는 폭발했다.

"그러면 집안에서 마이크 들고 다니니, 확성기 들고 다니니? 너희들 스스로 할 수 있는 것도 없으면서 엄마 말에 제일 집중하고 있어야 할 것 아니야? 난 뭐 시간이 남아돌고, 너희들 돌보는 게 즐겁고 신나서 목소리 높이면서 말하는 줄 알아? 힘들어 죽겠는데 누구 하나 돕는 인간이 없니, 진짜!"

이것은 명백한 폭력이었다.

아이들은 꼼짝없이 내 언어폭력에 노출됐다. 입이 잔뜩 나와서 저녁 식사하러 식탁에 오는 아이들의 표정이 딱딱하게 굳어 있었다. 언니들과 엄마 사이에서 눈치 보느라 막내도 잔뜩 얼었다. 순식간에 집안의 공기가 싸늘하게 굳었다. 회사에서 하고 싶은 말이었는지도 모른다. 그런데 회사에서 하지 못하고 꾹꾹 눌러둔 말을 집에 와서 가장 소중한 자녀들에게 쏟아붓는 중이었다. 미련한 짓이었다. 얼른 미안하다고 말하고 싶었는데, 의지와 달리 오히려 반찬 담은 그릇을 더 세게 내려놓으며 남은 화를 다 풀어내고 있었다.

"바쁘니까 빨리 먹고 숙제해."

끝내 나는 사과를 하지 않고 차려놓은 밥상을 뒤로 하고 방문을 닫았다. 참 못난 엄마다.

"엄마, 이 닦아야 하는데…."

막내가 방문을 살짝 열고 고개를 빼꼼 내밀었다.

"내가 먼저 닦고 검사만 해 줄래요?"

막내는 미안한 표정이었다. 자기 혼자 이 닦기를 마무리할 수 없어서 화난 엄마에게 부탁해야 하는 상황이 무척이나 난처해 보였다. 5살이 할 수 있는 최선을 다해서 엄마의 눈치를 보는 중이었다.

"반찬도 하나도 안 남기고 나 스스로 김에 멸치 넣어서 싸먹었어요! 언니한테 해달라고 안 했어요!"

눈빛이 차가웠으리라. 대답 없는 엄마와 자신 사이의 싸늘한 공백을 감당하기는 어려웠으리라. 5살 막내는 자기가 받을 수 있는 칭찬거리를 찾아내느라 애쓰는 중이었다. 나는 대답 없이 아이를 데리고 화장실로 들어갔다. 칫솔에 치약을 짜고, 아이의 입을 벌리고, 구석구석 닦아 내는 동안 눈물이 날 것 같았다.

"언니가 엄마를 속상하게 했지? 나는 안 그랬지?"

5살 막내는 자신의 무죄를 주장하며 엄마의 기분을 맞추려고 계속 애썼다.

"나는 귀를 쫑긋하고 있었거든, 엄마가 부르면 바로 대답하려고!"

끝내 눈물이 터졌다. 화장실에 쪼그리고 앉아서 엉엉 우는 동안 막내의 난감함은 이루 말할 수 없었다. 쌍둥이들은 더 난처해졌다. 엄마의 부름에 한 번에 대답하지 못한 결과치고는 너무나 가혹하고 무거운 형벌이었다.

엄마, 나도 체험학습 가고 싶어요

by 윈터

개근 못 해서 울었던 엄마가 바라보는 '개근 거지'의 세상

자주 가는 미용실에 아이를 데리고 머리를 자르러 갔다. 주말 낮, 사람들이 붐볐다. 아이 셋을 데리고 주말 미용실에 가는 것은 매우 죄송한 일이다. 다른 손님에게 아이들의 소리와 행동이 거슬릴 수 있기 때문이다. 우리 아이들은 절대 얌전하지 않다. 어쩔 수 없이 아이들 앞으로 과자며 핸드폰이며 들이밀게 된다. 눈과 입을 화려하고 달콤한 것에 빼앗긴 아이들은 누구 아들이지 싶게 조용하다.

"평일에 오고 싶은데, 죄송해요."

나의 사과에 헤어 디자이너는 별소리를 다 한다고 넘겼다.

"주말에 와서 보면 진짜 미용실에 아이들이 많이 안 오는 거 같아요?"

"아이들은 주로 평일에 오는 거 같긴 해요. 주말에는 놀러 가기도 하시고…. 그런데 고객님 댁은 아이가 셋이잖아요. 두 분이 함께 오시려면 주말이 편하시잖아요. 아무 때나 저흰 괜찮아요. 마음 쓰지 마세요."

늘 아이들을 살갑게 맞아 주어 감사했다.

"아! 저 얼마 전에 신기한 말을 들었어요. 낮에 고객님 한 분이 아이를 데리고 오셨는데, 분명 학교에 있을 시간이거든요. 왜 학교에 안 갔냐고 물으니 요즘 개근하면 친구들이 놀린다며, 그래서 오늘 하루 쉬는 거라고 하시더라고요."

"개근하면 아이들이 놀린대요?"

무슨 말이지 싶었다. 아직 초등학교 1학년생 학부모는 낯선 것 투성이었다. '개근 거지'라는 말은 그때 처음 들었다. 헤어 디자이너도 그 단어를 듣고 무서운 생각이 들었다고 했다. 6년 개근상장을 받는 일이 가문의 자랑이던 시절을 기억하는데, 너무 '라떼 이즈 홀스' 같은 이야기인가? 초등학교 때 6년 개근상장을 못 받아서 나는 그렇게 서럽게 울었는데…. 그런데 요즘은 개근하면 거지로 놀림을 받는 세상이라니? 그야말로 격세지감이다.

며칠 뒤 아이가 하교 후 해맑게 나를 보며 이야기했다.

"엄마, ○○이 체험학습 갔어요."

"체험학습? 그게 뭐야?"

"학교 쉬고 여행 가는 거예요."

미용실에서 들었던 이야기가 생각이 났다. 아이들이 학교를 쉬고 부모님과 외부 활동을 하는 것을 체험학습이라고 하는구나 싶었다.

"그래? ○○이는 어디 갔는데?"

"필리핀이요. 필리핀 아주 멀대요. 나도 가고 싶어요."

5월부터는 나의 월급은 반토막이 나 있었다. 올해 들어 가족수당, 복지 포인트 등이 이미 깎여 있는 터였기에 가계 생활은 이미 쪼들릴 대로 쪼들려 있었다. 하지만 그마저도 9월이 되자 월급이 아예 나오지 않게 되었다. 25일 당연히 통장에 찍혀 있어야 할 회사 이름이 사라졌다. 나의 통장에 입금해 주는 이는 단 한 곳도 없었다. 보험료가 빠지고, 카드값이 빠지고 주는 것 없이 나에게 계속 달라는 이만 널려 있었다. 세상은 나의 살과 뼈, 사골까지 우려서 가져가 피 한 방울도 안 남게 할 심산인 것 같았다. 무서웠다.

대학교를 졸업하고 취업을 한 뒤 단 한 달도 제대로 쉬어 본 적 없이 달려온 인생이었다. 그래서 통장에 월급이라는 것이 안 꽂혀 본 적이 없었던 삶이었다. 그런 나의 삶에 0원을 넘어 마이너스가 되는 통장은 삶을 점점 비참하게 만들었다. 당장 첫째 아이의 재활치료 몇 개를 중단해야 했다. 치료에 가장 중요한 시기다. 어쩌면 나의 목숨보다 아이의 지금이 소중했다. 그런 치료를 중단하는 것은 창자를 끊어 내는 고통과도 같은 느낌이었다. 그런데 여행이라니. 정말 호강에 겨워 요강에 똥을 싸는 소리다. 그렇지만 아이는 계속 말한다.

"엄마, 나도 체험학습 가고 싶어요."

누가 누구에게 비난을, 누가 누구에게 위로를

월급 0원이 찍힌 25일 저녁. 썸머와 짧게 통화를 했다. 그녀의 목소리가 좋지 않았다.

"왜 그래, 괜찮아?"

"윈터, 나 미안해요." 다짜고짜 미안하다는 그녀의 말이 의아했다.

"뭐가 미안해?"

"내가 직원들 월급을 못 준 느낌이에요." 썸머는 그날 숨을 쉴 수 없을 정도의 괴로움을 느꼈다고 했다. 그녀는 오늘을 마감일로 일해 온 비상대책TF의 장이었다. 내가 좀 더 열심히 했다면 달라졌을까. 계속 자책하며 모든 직원에게 죄인이 된 듯한 기분이 든다고 했다. 모든 이들의 월급을 본인이 빚진 느낌이라고 했다. 나에게도 미안함을 전했다. 그녀의 마음이 고스란히 전해져 마음이 더욱 아팠다.

누가 누구에게 돌을 던질 수 있으랴. 그 돌은 맞아야 할 사람은 과녁 밖에 있다. 결국 우리는 서로가 서로에게 돌을 던지고 맞아서 피를 튀기고 있을 뿐이다. 그날 가만히 침대에 누웠는데 여러 가지 생각이 들었다. 아이는 새근새근 내 옆에서 숨소리를 내며 자고 있다. 가만히 아이의 얼굴을 보고 나지막하게 속삭였다. "아들아, 엄마는 '개근'하고 싶다."

너도나도 늙어가는 계절

by 윈터

고혈압 환자가 된 남편

며칠 전부터 남편의 투정이 심하다. 머리가 계속 아프다는 그는 이런저런 약을 찾아 먹다가 효과를 보지 못했는지 드디어 병원에 가겠다고 나섰다. 왜 아프면 바로 병원에 가지 않는지 늘 의아한 대목이다. 육아하는 집에서 어른들은 아프면 안 된다. 특히나 우리처럼 다자녀 '봄'을 키우는 부모들은 더욱 그렇다. 톱니바퀴처럼 굴러가는 일상에서 아이들의 변수만으로도 이미 벅차기 때문이다.

난 몇 해 전 장염이 심하게 와서 응급실을 찾은 적이 있다. 예전 같으면 동행해서 병원을 가주었을 남편이 옆에 없었다. 집에서 아이를 보아야 했기 때문이다. 병원을 알아보고, 택시를 잡아타고, 병원에서 접수하는 것은 온전히 나 혼자 해내야 하는 몫이었다. 분명 결혼하고 가족이 있는데 더 외로웠다.

둘째와 셋째 쌍둥이를 낳을 때도 그랬다. 첫째를 자연분만으로 낳았기 때문에 의사는 나에게 자연분만할지 제왕절개를 할지 결정하라고 했었다. 쌍둥이 중 한 명이 역아였던 관계로 제왕절개 수술을 하는 것이 낫지만 욕심을 내면 자연분만도 가능하다는 것이었다. 그때 나와 남편은 고민도 하지 않고 제왕절개를 선택했다. 첫째를 어린이집에 등원시키고 나의 보호자로 남편이 와 있어야 하는 상황을 생각한다면 아이가 언제 나올지 모르는 자연분만은 무리였다. 제왕절개 수술을 낮에 하고 밤에는 남편이 첫째를 보러 집으로 돌아가야 했다. 그 탓에 가장 아프다는 제왕절개 수술 후 첫날밤 나는 쓸쓸한 병실에서 혼자 누워 눈물을 훔쳤다.

아프면 서럽다. 아이를 키우는 부모들은 더욱 그렇다. 하지만 나만 보고 있을 수 없다. 옆에 짹짹거리는 '봄'이 있기 때문이다. 아파도 아이의 밥을 챙겨야 하고, 씻기고 재워야 한다. 그래서 남편의 아프다는 말은 늘 안쓰러우면서도 투정처럼 들린다.

그런 그가 병원에 다녀오더니 혈압약을 타왔다. 아직 40대 초반이었다. 혈압약은 뭔가 나이 듦의 상징 같은 느낌이었는데, 이미 우리가 그 경계선에 와 있는 것이다. 아직 10살도 되지 않은 아이들이 세 명이나 있는데 부모는 늙어가고 있으니 더욱 걱정스러웠다. 45세가 정년이라는 '사오정'이란 옛말이 요즘 다시 유행이다. 실제로 주위에서도 희망퇴직을 하는 친구들이 제법 된다. 몸도 늙는데 사회에서도 늙어가는 느낌이다. 아이들은 어떻게 키우라는 것인지 한숨이 절로 나온다. 그래도 이럴 때 위로되는 건 함께 늙어가는 옆 사람뿐이랴.

몸도 마음도 누더기인 아내

가을이 오며 나의 끝나지 않는 위염으로 내과 병원을 찾은 적이 있다. 그날은 남편이 휴가 중이라 낮에 함께 병원에 갈 수 있었는데 나를 한참 진료하던 의사는 잠은 잘 자냐고 묻더니 항불안제를 처방해 주었다. 처음 처방받는 정신과 약물에 당황스러웠다. 내가 몸도 마음도 지금은 누더기란 말인가. 그렇게 터덜터덜 진료실을 나오는데 남편이 어깨를 살며시 눌러주었다. "의사 선생님 참 말씀 많으시더라."라고 신소리하며.

남편은 나에게 회사 상황을 자세히 물은 적이 없다. 물론 나도 자세히 말한 적이 없다. 그냥 잘 버텨주고 있는 것이겠지 그렇게 생각했으리라. 그렇게 많은 말 없이 옆에 있어 주는 남편이 고마웠다. 그도 나도 늙어가지만 그래도 함께 있으니 살아지는 것이겠지.

남편의 입원,
송두리째 흔들리는 가정의 평화

by 썸머

나의 '늙병남'

남편을 부르는 애칭은 '늙병남'이다. 늙고 병든 남자. 정말 그가 병들었다. 회사가 최악으로 치달아도, 그래서 맞벌이 엔진 하나가 그릉그릉 소리를 내며 잦아들고 있어도, 여전히 한 쪽은 으랏차차 돌고 있다고 생각했는데, 그가 입원 통보를 받았다. 당뇨였다. 혈당이 200이 넘었다고도 했다. 불행은 손에 손을 잡고 우르르 몰려오는 게 분명하다. 그게 나라고 예외일 순 없지, 회사도 집안도 한꺼번에 엉망진창을 향해 경주하고 있으니 인정해야만 했다. 이건 나에게 닥친 일이고, 일단 나는 어떤 식으로든 더 나은 방향으로 걸어가야 한다고. 불행의 포탄 속에서 주저앉기에는 나는 아이가 셋이니까.

그가 내 인생에서 차지하는 비율이 얼마나 될까? 가족이라는 운명공동체의 두 경제적 원동력으로서 서로의 역할에 충실한 것은 분명한데, 그가 나에게 미치는 경제적, 사회적, 정서적 연결고리는 얼마나 되는 걸까? 뜨거웠던 신혼도, 치열했던 부부싸움도 다 겪고 맞이한 결혼 14년 차. 아이 셋이라는 현대사회에서는 다소 독특한 특징 때문에 금실이 좋은 부부라는 오해를 받지만, 꼭 그렇지는 않다. 뜨겁고 치열한 시기를 거치면 누구나 평온하고 안전한 신뢰 관계를 구축할 수 있을 것이라는 안일한 마음가짐으로 시간을 보냈다. 하지만 결혼생활만큼은 교과서대로 하더라도 교과서 같은 결과를 기대할 수 없다. 세상과 적당히 타협한 모범생이 그렇듯이 '꼭 우리만 그런 것은 아닐 것이다'라는 위안 아닌 위안으로 버티는 삶. 물론 남편도 마찬가지일 테고.

'데면데면'이라고 표현하기엔 14년이란 긴 시간을, '서먹서먹'하다고 표현하기엔 이젠 더 이상 싸우지 않는 시기임을 생각해 볼 때 현재 부부의 관계를 표현할 달리 좋은 말은 없었다. 더 이상 싸울 에너지도 남아 있지 않아 적당히 무관심한 사이, 부부 사이에 양보와 타협이란 말은 있을 수 없다는 것을 알기에 포기와 수용을 배운 사이, 무감각한 부부 사이를 개선하거나 혹은 파괴하기엔 둘 다 적당히 게으른 사이, 대충 그 정도 사이였다.

당뇨에 이석증이라고요?

그런 그가 입원한다. 그것도 들어본 적 없는 혈당 수치로. 당뇨라고 하면 떠오르는 건 신장투석기, 시꺼메진 당뇨발, 보이지 않는 눈 정도. 물론 극단적인 사례이긴 했지만, 남편의 당뇨 수치가 극단적이기도 했다. 환자복을 입고 있는 그를 바라보니 형용할 수 없는 감정에 휩싸였다. 20대 호르몬 놀음에 저당 잡힌 의미 없는 결혼생활이라고 생각했는데, 그도 20~30대 호르몬 놀음에 최선을 다해 책임지는 삶을 사느라 피곤했겠다는 생각이 들었다. 분명 죽고 못 사는 사이로 뜨겁게 연애하고 결혼했는데 어디서부터 잘못된 걸까? 허구한 날 피곤하다는 얘기만 하고 주말이면 쿨쿨 자는 그를 원망할 뿐, 어디가 아픈지 생각하지 못한 시간이었다. 영락없는 환자 몰골로 여기저기 검사받으러 다니는 뒷모습은 쓸쓸해 보였다.

세상 모든 일은 자기가 다 떠맡은 것처럼 매일 같이 야근하고, 주말에는 피곤하다는 핑계로 온종일 누워있고, 아이가 있으나 없으나 게임에 빠져서 허우적거리고…. 같이 있으면 꼴 보기 싫은 모습뿐이라 외면했던 그의 피로가 정면으로 다가왔다.

물론 그렇다고 갑자기 없던 사랑이 샘솟거나 좋은 아내가 되어야겠다고 다짐하는 훈훈한 일일드라마 같은 결론은 아니다. 다만, '그래서 우리가 가족이구나'를 새삼 깨닫게 되었다는 것 정도이지. 하지만 심리적 타격은 거기서 멈추지 않았다. 당장 내가 월급이 0원인데, 그가 잘못되기라도 한다면 아이들은 어떡하지? 건강의 문제가 가족의 생계로 직결되는 고민은 어른들이나 하는 영역인 줄 알았는데…. 이제 막 어른이 된 것도 아닌데 어른의 고민은 늘 무겁고 버겁다.

다행히 그는 일주일간의 입원을 마치고 돌아왔다. 잔소리해도 고치지 않았던 식습관도 자연스레 고쳐졌다. 그리고 빠른 속도로 호전되기 시작했다. 그러나 얼마 지나지 않아 그가 어지러움을 호소하며 토할 것 같다고 했다. '당뇨 식단이 드디어 물리는구나, 이제 좀 나아지니까 또 저런다!' 숨겨뒀던 짜증이 스멀스멀 올라오려던 날, 그는 병원이라며 이석증이라는 이야기를 들었다고 연락해 왔다. 잠시도 나를 평안하게 놔두지 않는 사람이다. 회사도 어지러운데 그도 어지럽고 그를 바라보는 나도 어지럽고 뱅뱅 돈다. 무겁고 버거운 삶의 무게가 또다시 마음을 짓누른다.

그래서 우리는 부부

이즈음 남편의 건강 문제가 대두되면서 월급 0원의 충격은 '그래, 건강만 하면 뭣이 중헌디'로 충격 흡수가 되는 듯했지만, 회사는 점점 더 미궁으로 빠져들고 있었다. 회사는 인건비 외에도 들어가는 돈이 많으니까. 여기저기 밀리기 시작했고 마침내 세금도 밀리는 지경에 이르렀다. 시간이 갈수록 밀린 임금이 문제가 아니라 이대로 가다간 회사 문 닫는 일조차 쉽지 않겠다는 결론에 이르렀다.

우리 회사를 두고 저마다 목소리를 높이지만 정말 이 회사에 남아 있는 직원을 생각하는 사람들은 없었다. 우리 이슈로 어떻게 여론몰이를 할 수 있을까 생각할 뿐, 안에 있는 사람들이 말라 죽는 건 뒷전이었다. 회사의 비상대책은 그렇게 실패의 길로 접어든 듯했다. 수많은 비상대책안들이 있었고 그것을 꼼꼼히 검토해 준 상사가 있었지만, 세상은 호락호락하지 않았고 우리는 같은 편 하나 없는 가시밭길 중간에서 오지도 가지도 못한 채, 발바닥에서 피를 철철 흘리며 서 있었다. 동료들은 더 이상 배우자 눈치가 보여서 함께 하지 못하겠다며 무급 상태의 회사를 떠나기 시작했다. 당장 이직을 못하더라도 월급 없는 회사에 나갈 바에는 안정적으로 가정을 꾸리는 게 낫다는 배우자들의 이야기는 우리 모두의 가슴을 시리게 했다. 월급 0원은 나도 충격이지만 남편에게도 충격일 수 있다는 사실을 뒤늦게 깨달았다. 그래, 우린 경제공동체이기도 하니까.

당뇨에 이석증으로 고생하는 남편이 "하는 데까지 해 보는 거지, 뭐. 월급 못 받아도 어떡하든 살려보고 싶은 거잖아? 그럼 해야지. 내가 벌고 있으니까 뭐."라고 대답했다. 가시밭길을 같이 걸어 주진 않지만 적어도 혼자 꽃길에서 저 멀리 뛰어가고 있진 않다. 힘들면 내려와도 되지만, 후회 없이 내려오라고 응원해 주고 있다. 시끌벅적한 응원은 아니지만 우리 사이에 신의가 그 정도는 된다. 그래서 아직 우리는 부부다. 아이 때문에 살고 있다는 말은 그날부터 취소하기로 했다.

혼자 하는 이별

by 윈터

사람들이 사라지고… 폐허가 된 사무실

회사가 조용하다. 매일 수많은 이야기로 북적이던 사무실은 적막만 가득하다. 처음에는 한두 명씩 빠지기 시작하다가 어느 순간 썰물처럼 빠져나간 사무실은 주인 없는 자리가 팔 할 이상이었다. 자리의 주인이 있더라도 무급휴직을 가거나 시간선택제로 일주일에 하루이틀 정도 회사를 나오는 사람들이 태반이기 때문에 느낌은 같았다. 폐가 같다. 깨끗하지만 을씨년스럽다.

사무실에 '오늘은 사람이 좀 있네?' 싶은 날이라 해 봐야 고작 네다섯 명이다. 하지만 그들도 조용하다. 예전 같으면 휴일에 출근해서 동료 한 명이라도 만나면 왁자지껄 떠들어댔을 우리였다. 지금은 간단히 고개 인사만 나누고 각자의 자리에 앉아 컴퓨터 모니터만 보고 있다. "잘 지내셨어요? 별일 없으시죠?"라는 서로의 안부를 묻는 것조차 어색한 나날이 되었다. 그 누구도 잘 지내고 있지 않기 때문이다.

썸머의 사무실도 매한가지라고 했다. 사무실의 전등을 모두 켜는 것조차 민망하다고 했다. 나는 다른 층으로 발령받아 내려온 지 꽤 되었고, 어텀은 회사를 떠났으니, 우리가 함께하던 그 사무실에 남아 있는 것은 썸머 혼자다. 나와 어텀, 썸머가 함께 웃고, 울고, 떠들며 보내던 그 장면들이 모래바람처럼 사라졌다. 흡사 〈어벤저스〉의 타노스가 인피니티 스톤을 모두 모아 손가락을 튀긴 것 같다. 사람들이 사라졌다.

얼마 전, 오랜만에 출근한 B 선배의 신발에서 삑삑 소리가 난다. 조용한 사무실에 그 소리가 유독 크게 들렸다. A 선배가 B 선배에게 말을 건넨다.

"월급이라도 들어와야 신발이라도 사실 텐데 말이죠."

"그러게나 말이에요."

B 선배는 씁쓸하게 웃으며 지나간다. 여전히 신발에서 삑삑 소리를 내면서 말이다. 예전이라면 들리지도 않았을 신발 소리. 소리가 들려 이러한 이야기를 듣는다 하더라도 농담으로 받아쳤을 B 선배였다. 그러나 진지했다. 진짜로 월급이라도 들어와야 신발을 고쳐 신을 수 있는 게 현실이었다.

그제는 경영전략본부에 가장 오래 남아 있던 팀장이 퇴사했다. 예산, 총무, 인사 등 일상적인 경영 업무에 있던 회사의 살림꾼들이 사라졌다. 방송국에서 가장 두드러지는 직군은 PD다. 화려한 꽃 같은 존재들이다. 하지만 그들 뒤에는 많은 사람이 있다. 엔지니어들이 있고, 보안과 서버를 관리하는 컴퓨터 관련 전문가들도 있다. 그리고 방통위 등 기관의 대관 업무를 하는 정책 직군들도 있다. 보이지 않는 곳의 그들은 조용히 있다가 그렇게 사라지고 있었다. 그들이 없는 PD들은 꺾인 꽃일 뿐이다. 곧 시들 것이 뻔하다.

어느 날엔가 임금 담당자에게 이런 말을 건넨 적이 있다.

"C 님이 계실 때 떠나야 하는데…. 안 계시면 제 퇴직금은 아무도 처리 못 해 줄 것 같아서요."

"그 말씀하시는 분들 많더라고요." 담당자는 쓴웃음을 지었었다.

봄날을 꿈꾸며, 안녕!

나는 이러한 회사를 이제 떠나기로 했다. 미리 떠났어야 했다. 하지만 13년의 연 때문인지 헤어지지 못하는 낡은 연인 같은 미련이 남아 있었다. 이젠 그러한 마음조차 버리고 떠나야 하는 시간이 되었다.

나의 '봄'들은 많이 컸다. 나의 고난과 고민은 아이들에게 비 오는 날 우산이 되었고, 햇볕 뜨거운 날 양산이 되었다. 그러니 의미 없는 고통은 아니었다. 주위의 많은 도움도 있었다. 특히 첫째 '봄'은 좋은 학교 선생님과 치료 선생님을 만나 성장하고 도약할 수 있었다. 그들이 고마웠다. 쌍둥이 '봄'들도 하루가 다르게 커가고 있다. 봄날에 피어나는 꽃들을 보면 자연스럽게 미소가 지어지는 것처럼, 고단한 삶에서 아이들은 도리어 나에게 위로가 되었다.

　이제 내 차례다. 나는 일에 대한 열정을 실현하고, 사랑하는 '봄'들과 함께 성장하는 삶을 위해 새로운 도전을 했다. 그리고 오늘은 결실과 결정을 회사에 말해야 하는 시간이었다.

　사직서를 제출하겠다고 마음먹고 출근했으나 사무실에 아무도 없었다. 평소에는 적어도 한두 명은 있던 사무실이었다. 그러나 단 한 명도 없이 조용하다. 통보를 받을 사람 없이 나 혼자 이별을 해야 하는 느낌이다. 어쩔 수 없이 사직서 제출을 내일로 미루고 자리에 앉아 컴퓨터 파일들을 정리했다. 어느 날엔가 친한 동료가 "떠날 때 책 한 권 들고 갈 수 있으면 좋겠다."던 말이 생각났다. 그동안의 애정도 미움도 다 버리고, 아무런 망설임 없이 가뿐하게 말이다. 그런 마음으로 차근차근 정리해 나갔다.

겨울이 가면? 봄이 옵니다

by 썸머

윈터도 떠난 텅 빈 운동장

윈터도 회사를 떠난다. 어텀이 떠나고 1년이 채 되지 않은 시점에 윈터도 떠난다. 어텀과 윈터 덕분에 화창한 여름 날씨 같았던 회사 생활이 우중충한 장마 기간으로 변했다. 윈터의 결심을 응원했던 것도 나고, 진심으로 잘되었다고 축하도 했지만 남겨진 나는 쓸쓸했다. 아이 셋을 키우는 워킹맘을 만나는 건 쉽지 않은 일이다. 우리는 그 공통분모를 가지고 함께 했다.

어텀도 가고 윈터도 간 텅 빈 운동장에 나는 혼자 덩그러니 서 있다. 이 운동장은 내가 꼭 지키고 싶은 공간이었다. 어텀도 원터도 같이 지키고 싶었을 텐데…. 사람이 있는 공간보다 사라진 공간이 더 많은 회사는 유령선처럼 변해갔다. 조금 있으면 거미줄도 칠 것 같은 모양새였다. 400명에 육박하던 인원이 188명, 187명으로 줄어들었다. 반토막 난 인원이 겨우 연명하는 방송은 어떤 음악이 흘러나와도 처량한 느낌이 들었다. 콘텐츠 기획력이 어떠니, 청취율과 시청률이 어떻게 떨어졌니, 학회 반응이 어떠냐며 회사에서 달달 볶던 이들도 모두 떠났다. 예전에 무겁게 짓누르던 데일리 리포트, 분기별 보고서 등은 이미 먼 나라 업무였다.

우리는 침몰하지도 못했다. "언젠가 쓰러지겠지만, 그게 내 책임만 아니면 돼." 하는 사람들이 이리 떠밀고 저리 떠밀면서 침몰의 자유의지조차 허락되지 않은 운명을 개탄했다.

"넌 회사가 거기밖에 없니? 그 정도면 이직해야지!"란 얘기가 수시로 들렸다. 고민을 안 한 것은 아니지만, 회사의 내 자리에서 지킬 수 있는 최소한의 양심은 결론을 내는 것이다. 비상 상황에서 착륙시키든, 낙하산으로 탈출시키든 나는 결론을 낸 뒤 떠나야 하는 마지막 선원 같은 느낌이다. 그게 먼저 떠난 대표의 의지였는지는 모르겠지만. 애초에 그렇게 하지 않을 것이라면 비상대책TF 인사 발령 전에 사표를 썼어야 옳은 것이고.

내가 가지고 있는 능력이 한없이 초라하고 가벼이 보이는 숱한 날들을 겪으며 2년의 세월을 보냈다. 그리고 결론이 나지 않는 대책 없는 대책에 수많은 사람이 울며 떠나는 것을 목격했다. 매일 마음이 무너져 내리고, 또 매일 새로운 희망의 성을 쌓았다. 공든 탑은 어김없이 무너졌다. 다시, 또다시, 한 번 더, 마지막일지도 모르니까 한 번만 더.

"이제 다 끝났어. 수고했다." 말하는 이 없는 게임, 규칙도 제한 시간도 없는 게임을, 좋아하는 동료들이 떠난 운동장에서 계속해야 한다.

운동장을 떠나지 않았던 엄마이기를…

세 아이가 태어나고 나서 어떤 부모가 되고 싶은지 생각한 적이 있다. 물려줄 유산이 많은 것도 아니고, 대단한 육아나 교육 철학을 가지고 있는 것도 아니면서, 왜 우리를 이렇게 셋씩이나 낳은 거냐고 나중에 물어본다면 나는 어떻게 답할 수 있을까?

어떤 부모가 되겠다는 건 사실 불가능한 일이다. 일단, 이미 나는 부모가 되어 있다. 게다가 30년 이상 쌓아 올린 많은 경험으로 이미 나라는 인격체가 형성이 된 상태다. 아이에게 특정한 모습만 보이고 싶다고 해서 그렇게 평생 연기하며 육아하기란 불가능한 일이다. 그래서 나는 가장 나다운 모습으로 매 순간 나의 결정을 숨김없이 설명해 줄 수 있는 부모가 되었으면 했다.

이렇게 미적지근하게 침몰하는 배에 남아 있다가 최후에 꼬르륵 가라앉는 사람이 될지라도, 왜 여기에 남아 있고, 어떤 마음으로 일했으며, 후회 없이 최선을 다했다고 설명할 수 있는 부모가 되길 바란다.

내 인생에서 최근 겪은 2년은 나중에 여자 넷이 앉아 수다 떨기 좋은 안줏거리가 되어 주길.

그 이야기에 조금 과장을 보태서 "엄마가 말이야, 그 어려운 과정을 다 겪고 회사 살려낸 거잖아!"라는 민망한 자랑을 할 수 있게 되길.

그래서 그 대화의 끝엔 "엄마, 애썼어."를 듣고 싶은지도.

어텀이 딸에게 쓰는 편지

'아빠가 좋아하는 것들'

사랑하는 딸, '봄'에게

이 편지를 읽고 있을 때쯤이면, 아마도 '봄'도 많이 자랐겠다. 오늘은 아빠가 좋아하는 것들을 이야기하고 싶어. 어쩌면 이런 이야기들이 네가 아빠를 조금 더 이해하는 데 도움이 될까 싶어서.

아빠는 산책을 좋아해. 계절마다 달라지는 풍경을 걸으며 자연이 들려주는 이야기에 귀 기울일 수 있거든. 특히 봄이 되면 새롭게 피어나는 꽃들을 보는 게 좋아. 그 자체로도 예쁘지만, 추운 겨울을 이겨 내고 피어나는 모습이 더욱 아름답게 느껴지거든.

물가를 따라 걸으며 보이는 오리 가족들도 좋아. 새끼 오리들이 엄마 오리를 따라 헤엄치는 모습을 보면, '봄'이 어렸을 때 아빠를 따라 함께 산책

하던 그 시간이 떠올라.

나무도 좋아. 여름에는 따가운 햇살을 피해 그늘에서 쉴 수 있어. '봄'도 기억나? 우리가 자주 가던 공원의 나 홀로 나무 말이야. 아직도 그 자리에서 자리를 지키고 있어. 그 모습을 보면 마음에 위로가 돼. 혼자라 외로울 텐데 묵묵히 외로운 시간을 견디며 그늘을 나눠주는 넉넉한 마음을 아빠는 닮고 싶어.

아빠는 밤하늘의 별도 좋아. 반짝이는 모습을 보면 마치 아빠에게 조잘조잘 이야기하던 '봄'이 생각나거든. 아빠가 알려줬던 별들의 소리 기억나? 색깔이 다른 별들이 각기 다른 목소리로 이야기하는 것 같다 했잖아. 초록 별도 있고 노란 별도 있고 빨간 별도 있고.

기타를 치고 노래를 부르는 것도 아빠가 좋아하는 거야. 말로 표현하지 못했던 마음을 음악으로 전할 수 있어서 좋았어. 아빠가 기타 치면서 노래 부르던 모습 기억하지? 요즘엔 '봄'이 좋아하는 아이돌 음악들을 기타로 연주할 수 있게 열심히 배우고 있어. 한 걸음 더 가까워질 수 있는 것 같아.

그래도 아빠가 가장 사랑하는 것은 세상에서 가장 예쁜 목소리로 웃는 우리 '봄'의 모습이야!

딸아! 세상에는 다양한 모습의 행복이 존재해. 아빠는 우리 '봄'이 매일 기쁨을 발견하는 행복을 누렸으면 좋겠어. 수박 한 조각에서 시원함을 느끼고, 딸기 한 송이에서 달콤함을 맛보는 행복을 찾았으면 좋겠어. 아빠와 함께했던 작지만, 행복했던 순간을 기억해 줬으면 좋겠어.

'봄'은 따스한 햇살 같은 사람이야. 시린 겨울의 추위도 녹여 줄 수 있는 따뜻한 사람이야. 새싹이 돋아날 용기를 줄 수 있는 그런 사람이야. 모든 것을 품을 수 있는 그런 따스함을 닮았어.

아빠에게 '봄'이 찾아온 순간이 어느 때보다 찬란했음을, 그래서 아빠의 하루하루가 더욱 빛날 수 있었음을 기억해 주길 바라.

'봄'이 그리운 아빠가

'삶에 대해'

아들. 엄마는 요즘 삶의 의미에 대해 자주 생각해. 엄마의 회사가 위기를 맞이하고 그 속에서 너희를 키워 내면서 더욱 그런 생각들이 꼬리를 무는 것 같아. 사회에서 일을 한다는 것은 무엇일까. 나의 삶에서 가장 중요한 몫을 차지하는 것은 무엇일까.

예전에 엄마가 사명감에 불타서 언론인이 되겠다는 꿈을 활활 태우던 시절에 함께 공부하던 친구가 있었어. 그 친구는 다른 친구들보다 빠르게 언론사에 취업했지. 100% 마음에 드는 자리는 아니었지만 꿈을 실현하기에 충분했어. 그런 친구가 부러웠어. 다들 끝이 없어 보이는 취업의 터널에 갇혀 있었으니 탈출을 빨리할 수 있다는 것은 축복이었지.

그런데 그 친구가 취업 소식을 전한 지 1년 만에 결혼하고 아이를 갖게 되었다는 소식을 전했지. 그러곤 곧 회사를 그만두었다는 소식도 들렸어.

그때 엄마는 참 어리석게도 그 친구의 선택이 잘못됐다고 생각했었어. 아이 때문에 몇 년간을 매달린 일을 그만두는 것이 이해되지 않았지.

하지만 이젠 알아. 아이를 만나고 키운다는 것은 그 어떠한 일보다 가치 있는 일인 것을. 어느 일이 중요한 것인가 선택하는 것이 비난받을 일을 아니라는 것을.

사람마다 우선순위를 정하는 것은 다를 테지만 지금의 엄마는 당연히 너희를 만나고, 너희와 함께하는 시간이 참으로 소중하단다. 그리고 엄마는 엄마의 일도 참 소중하단다. 둘 다 소중해서 엄마의 일에서 너희를 완전히 배제할 수 없어. 결국은 함께할 수 있는 방법을 찾게 되는 것 같아.

엄마가 잘할 수 있고, 자랑스러운 일을 하는 것. 그리고 너희들이 엄마를 원할 때 빠르게 만나러 갈 수 있는 것. 너희들과 저녁을 함께하는 시간을 가질 수 있는 것. 육아와 일이 둘 다 불안해지지 않도록 말이야. 어쩌면 이러한 조건이 엄마가 일하는 사회에서는 이기적인 조건일지도 몰라. 하지만 결국엔 이러한 조건들이 잘 갖춰진 사회가 필요한 것 아닐까.

가끔 현실의 벽에 화가 나기도 해. 저출산이다, 인구 절벽이다, 말로만 떠들어대는 정책들이. 사회가 안정적이지 않은데 아이를 낳기만 하라는 것은 너무나 가혹하잖아. 개인들에 희생을 강요하기만 하니 말이지.

물론 삶은 우리가 생각하지 못하는 예측 불가능의 연속인 것 같아. 여러 가지 안전망을 가지고 너희를 보호한다고 생각하지만, 엄마가 다니는 회사가 무너져 생계의 위협을 받게 되기도 하고, 갑자기 가족의 누군가가 아프기도 하니까. 너희를 낳을 때는 이러한 일이 벌어질 것이라고는 생각조차 하지 못했으니 말이야.

그래도 기억해 주렴. 우리 집의 어딘가의 구멍이 나 빗물이 뚝뚝 떨어지게 되는 순간에도 엄마와 아빠는 최선을 다해 너희를 보호할 거야. 어떠한 상황에도 무너지지 않고 말이야. 엄마는 앞으로도 계속 사랑하는 일과 너희를 위해 노력할 것이란다.

얼마 전에 썸머 이모가 엄마에게 아이를 키우며 가장 중요하게 생각하는 것이 무엇인지 물었던 적이 있어. 그때 엄마는 '회복 탄력성'이라는 말을 한 것 같아. 세상의 모든 가치 중에 너희에게 하나만 물려줄 수 있다면 단연 견뎌 내는 힘을 고를 거야. 예측 불가능한 세상에서 견뎌 내는 힘. 이것은 엄마 자신에게 다그치는 말이기도 했어. 어떠한 모진 역경에도 견뎌 내야 한다는 마음가짐 같은 거 말이야. 그리고 너희들도 그래 주길 바라.

그것을 위해 엄마가 가장 먼저 해 줘야 할 것은 너희에 대한 사랑과 지지인 것 같아. 뿌리가 깊은 나무가 모진 바람에 버텨 내듯이. 결국 자기 자신에 대한 강한 믿음이 세상을 견뎌 내는 힘이거든. 너희는 충분히 멋있고, 가치 있고, 사랑스러운 존재라는 자존감의 뿌리를 단단하게 해 주고 싶어. 그리고 그게 엄마로서 삶의 의미야. 과학적으로는 단순히 종족 번식의 욕구라고 명명할 수 있지만 말이야. 이것은 가치를 따질 수 없는 매우 숭고한 일라는 것을 최근에 많이 깨닫게 돼. 너희는 무한한 가능성을 지닌 존재이니.

엄마는 너희를 품에 안고 있으면 우주를 안고 있는 기분이 든단다. 그러니 이 글을 읽을 어느 때쯤 너희가 힘든 상황이라면 힘을 내 주렴. 너희는 엄마의 가장 큰 세상이니까.

매일 하는 말이지만 "태어나 주어서 고맙다. 나의 '봄'들아!"

엄마 윈터 씀

썸머가 친정엄마에게 쓰는 편지

'엄마에게'

'어머니께'란 말은 40살이 넘어도 하기 싫은 걸 보면 아직 나는 철이 안 든 게 맞는 것 같아. 난 큰언니 같은 엄마로 살고, 엄마는 엄마 같은 할머니로 산 지도 10년이 되었는데, 엄마가 오래오래 우리 아이들의 엄마 같은 할머니로 있어 주길 바라는 건 너무 양심이 없나?

엄마, 나는 엄마가 말하는 때 되면 시집가고, 때 되면 아이 낳는 삶에 대해서 늘 의문스러웠어. 나는 엄마가 말하는 때 돼서 시집가고, 때 돼서 아이 낳는 착한 딸의 삶을 선택했는데 왜 이렇게 힘들까? 시간이 지나면 나아진다는 엄마 말에 늙으면 나도 결국 엄마처럼 아이들 집 싱크대 앞에서 설거지하는 인생을 살라는 거냐며 앙칼진 목소리로 따지고 들 때도 있었는데….

그러고 보니 엄마야말로 시간이 지나도 나아지지 않는 힘든 삶을 살고 있는 것 같아. 자식을 키워 내니, 자식의 자식을 키워 줘야 하는 인생이란 어떤 걸까? 엄마의 소녀 시절, 엄마의 꿈, 엄마의 노년 계획 같은 것은 한 번도 물어보지 않은 채 엄마는 태어날 때부터 나의 엄마로 태어난 것처럼 인생의 위급한 순간마다 119처럼 엄마를 불러. 그때마다 한 번의 망설임도 없이 "오냐, 내가 간다. 너는 네 일을 해!"라고 했던 엄마의 마음은 지금도 다 헤아릴 수가 없어.

엄마가 또 등짝 스매싱을 할 일이지만, 난 우리 세 아이가 화장실에 있다가 안방에 있는 나를 부를 때도 가기 싫거든. 우습게도 어느 날은 '엄마 호출 금지'의 날도 만들고 싶다니까? 근데 생각해 보니 '엄마 호출 금지'의 날을 만들면 아마 내가 제일 힘들 것 같더라고….

최근 며칠간 몇 번이나 내가 엄마를 외쳐댔을까?
"엄마, 막내 양말은 이걸로 신겨서 보내 줘."
"엄마, 오늘 둥이들 바이올린 수업이라 학교 앞까지 데리러 가세요."
"엄마, 둥이들 학교에서 전화 왔는데 열난대. 병원에 좀 데리고 가줘요."
"엄마, 나 저녁 반찬 마땅한 게 없는데 아이들 밥 좀 먹여 줘."
엄마가 나의 부름에 답하지 못했다면 나의 회사 생활이 과연 존재했을까? 내가 회사에 이렇게 순정을 바칠 수 있었을까?

엄마가 침침한 눈을 비비며 안경 쓰고 아이들의 숙제를 봐 줄 때나, 아픈 허리를 부여잡고 싱크대 앞에 서 있을 때나, 우리 집의 밀린 분리수거를 하느라 쪼그리고 앉아 있을 때나, 마음은 고마움이면서 "이거 다 엄마 책임이야, 엄마가 나보고 이렇게 살라고 했잖아!"라고 말하는 못난 딸이어서 미안해. 퇴근하자마자 엄마나 아이들에게 짜증 내고 문 쾅 닫고 들어갈 때마다 "너희 엄마 얼마나 대단하냐? 직장 생활이 쉽지 않아, 회사 다니면서도 이렇게 너희 키워 내는 거 봐라. 내 딸이지만 진짜 장하다."라고 말하는 얘기 들었어. 딸의 딸들을 다독이는 가운데서도 딸의 자존심을 지켜 내는 일, 어떤 마음으로 하는 건지 여전히 잘 모르겠지만 그런 엄마 덕분에 여기까지 왔어요.

엄마, 근데 이제 엄마도 너무 애쓰지 마. 회사 일을 부딪치며 배우듯, 육아도 가사도 부딪치면서 배우고 있어. 아이 낳은 지 10년이 지나도 여전히 어설프지만, 어설픈 대로 재미나게 인생을 대하는 법도 알아야 하니까. 모든 걸 다 잘 해내는 슈퍼우먼보다 한두 가지 어설픈 구석이 있는 사람이 인간적이더라고. 육아와 가사 일이 미흡하다는 걸 인정하니 오히려 스트레스가 아니고 재미가 되기도 하더라고요. 그러니 딸이 흠이라고 생각하고 너무 긴장하지 말아요.

엄마가 하루에 먹어야 하는 약이 늘어날 때마다 가슴이 쿵쿵 내려앉아. 준비되지 않았는데 엄마에게서 강제로 독립하게 되는 날이 올까 봐 두려워. 난 천천히 독립하고 싶거든. 우리 아이들의 '예쁜 할머니'로 오래오래 있어 줬으면 좋겠어.

엄마가 추천한 때 돼서 결혼하고 때 돼서 아이 낳은 삶, 원망하기도 했지만 기쁨과 즐거움이 없는 건 아니야. 분명히 내가 더 성숙해진 면도 있고요. 엄마와 똑같은 길을 가진 못하겠지만 엄마의 도움으로 나는 좀 다른 엄마의 길을 가 볼게. 엄마가 매일 하는 하나뿐인 딸의 빈틈 채우기, 나는 딸이 셋이나 되니 아무리 생각해도 불가능할 것 같거든? 그래서 세 딸이 어른이 되기 전까지 맘껏 일하고, 맘껏 육아할 수 있는 사회 만드는데 일조하는 멋진 '기성세대' 겸 '바쁜 엄마'가 되어보려고요. 아이들이 나는 '불사자'라고 놀리고, 엄마는 '예쁜 할머니'라고 불리는 상황이 좀 껄끄럽긴 한데, 견뎌볼게요. '불사자'의 길도 쉬운 건 아니거든요. 지켜봐 줘요. 엄마의 호출을 좀 줄여 볼 테니.

고맙다는 말도, 미안하다는 말도 꾹꾹 눌러 담아… 사랑합니다.

엄마의 딸 썸머